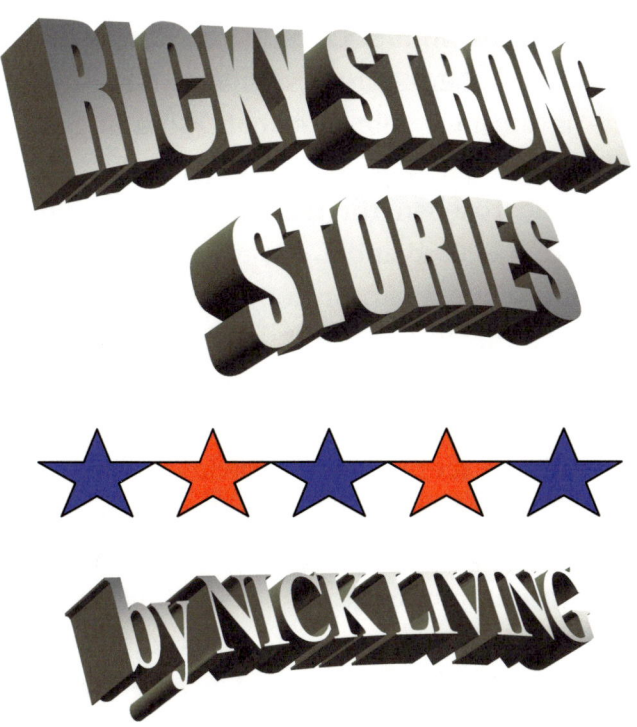

RICKY STRONG STORIES

by NICK LIVING

Böser Jack

Jack Donalds war ein berüchtigter Vermieter. Er besaß ein altes Mietshaus in einer ziemlich herunter gekommen Gegend am Rande der Stadt und beherbergte ausschließlich Bedürftige und arme Leute in seinen Wohnungen. Allerdings war das Wort „Wohnung" wohl etwas übertrieben für die üblen Absteigen, die er den Leuten anbot. Zwar gab es Wasser im Hause, doch ansonsten kümmerte sich Jack um nichts. Der Putz rieselte von den Wänden und die Heizung blieb kalt, auch im Winter. Nur in seiner Wohnung, die sich ebenfalls in diesem Hause befand, funktionierte alles wunderbar. Und so kam es wie es kommen musste, die Leute wurden krank. Doch Jack interessierte das wenig. Im Gegenteil- er erhöhte sogar noch die Mieten und grinste hämisch, als er das den Bewohnern seines Hauses mitteilte. Nun konnten die Leute nicht mehr zahlen. Sie saßen in ihren kalten Wohnungen und mussten mit ansehen, wie Jack ihnen nun auch noch das Wasser abdrehte. Sie konnten ja auch nichts dagegen unternehmen, weil sie ja kein Geld hatten, um einen Rechtsanwalt zahlen zu können.

Es war die blanke Not und die bitterste Verzweiflung, die nun in das Haus einzogen. Hätte es nicht gemeinnützige Einrichtungen gegeben, wo sie sich wenigstens das Nötigste zu essen holen konnten, wären sie wohl auch noch verhungert. Der Winter nahte und einige der Bewohner hatte Jack bereits aus dem Hause geekelt. So konnte es unmöglich weitergehen. Doch Jack hielt keiner auf. Er wurde immer gemeiner und bösartiger. Kam jemand zu ihm, um mit ihm zu sprechen, verwies er diese Leute an den Hausmeister. Er selbst war sich zu vornehm, sich mit dem Pöbel, wie er die Leute nannte, abzugeben. So begann es schließlich zu schneien und die Leute saßen in dicke Decken gehüllt in ihren Betten. „Aufstehen" bedeutete so etwas wie „Erfrieren". Eines Abends ging Jack in den Keller, um nachzukontrollieren, dass auch keiner der Mieter den Heizungshahn heimlich wieder aufgedreht hatte. Doch seine Sorge war vollkommen unbegründet, denn der Keller war abgeschlossen und keiner der Bewohner hatte Lust, sich von Jack anzeigen zu lassen, weil er angeblich das Schloss geknackt hätte. Jack lief frustriert durch die Gänge und suchte wohl nach Obdachlosen, die sich manchmal im Keller des Hauses aufhielten. Aber nirgends konnte er jemanden finden, sämtliche Kellerräume waren leer. Jack wollte wieder zurück ins Treppenhaus, um in seine Wohnung zu verschwinden, da fiel laut krachend die Stahltür hinter ihm zu, die er wegen der Einbruchgefahr einbauen ließ. Dummerweise ging seine Vorsichtsmaßnahme soweit, dass er damals auch die Türklinken abbauen ließ. Es könnte ja jemand auf die Idee kommen, die Türklinken abzumontieren. Nun saß er im Keller und kam nicht mehr heraus. Seine Vorsichtsmaßnahmen beinhalteten nämlich leider auch, sämtliche Kellerfenster ausbauen zu lassen. Denn auch die bedeuteten eine große Gefahr für ihn. Weil er bedauerlicherweise auch den Strom im Keller abschalten ließ, konnte er auch kein Licht einschalten. Er saß sprichwörtlich im Dunkeln. Die Kälte nagte an seinem Leib und an seiner vermeintlichen Ehre. Doch so sehr er auch gegen die Stahltür schlug, es hörte keiner. Denn diese Tür befand sich hinter einer weiteren Türe, die wegen der doppelten Sicherheit vorhanden sein musste. Jack konnte es einfach nicht fassen. Da saß er nun in der Kälte und der Dunkelheit und keiner kam ihm zu Hilfe. Immer wieder schlug er mit seinen Fäusten gegen die Tür. Doch es war aussichtslos. In seiner Nähe piepste es ganz seltsam. Und er ahnte nur, dass dies Unmengen an Ratten und Mäusen sein mussten, die sich um seine Hauspantoffeln herum tummelten. Wieder brüllte er laut: „Hallo, aufmachen! Hört mich denn keiner!" Aber es reagierte niemand, nur das Piepsen verstummte für einen kurzen Moment. Entkräftet und frierend lehnte er sich gegen die eiskalte Kellerwand. Wie kam er da nur wieder raus? Vermutlich würde er in diesem Keller umkommen. Da wurde es plötzlich hell in seinem Keller. Aufatmend wollte er losgehen, wollte sogleich aus dem Keller stürmen, um sich an den bösen Bewohnern zu rächen. Doch das vermeintliche Licht war eine leuchtende Nebelwolke. Sie schwebte vor ihm wie ein Seifenblase und tanzte munter auf und nieder. Jack wusste im ersten Moment gar nichts damit anzufangen.

Aber dann ging er auf das Licht zu und wollte dagegen schlagen. Die Lichtwolke aber erhob sich in die Luft, teilte sich mehrmals, um sich gleich wieder zusammen zuschließen. Jack wich zurück, bekam plötzlich eine Heidenangst. Was war das nur? Eine Halluzination vielleicht? Eine Luftspiegelung?

Oder spielte ihm sein Verstand einen üblen Streich?

Ängstlich zog er sich in eine Ecke zurück und starrte zu dem seltsamen Licht vor sich. Da tauchte plötzlich einer seiner ehemaligen Mieter in diesem merkwürdigen Licht auf. Erschrocken starrte Jack auf das Geschehen und traute sich nicht, irgendein Wort von sich zu geben. Der Geist in der Nebelwolke lachte laut und meinte dann: „Damit hast Du wohl nicht gerechnet, was? Ich bin einer Deiner schikanierten Bewohner, ein Geist, das glaubst Du wohl nicht, aber es ist so. Ich bin kein Mensch, ich bin ein Geist! Denn ich bin tot, weil Du mir einst die Heizung abgestellt hast. Wenn man mit Dir sprechen wollte, hast Du mich an den Hausmeister verwiesen, der mich dann beleidigen sollte. Alles in Deinem Auftrag, erinnerst Du Dich? Ich bin damals an einer Lungenentzündung gestorben, weil es einfach zu kalt war in dieser üblen Absteige. Aber ich bin wieder da, als Geist. Und ich werde Dich nun beobachten. Jetzt bin ich hier, um mich zu rächen!" Jack hielt seine Hände vors Gesicht und schrie ganz laut, der Geist möge ihn verschonen. Doch der verschonte ihn nicht. Er veränderte sein Äußeres, wurde zu einem grässlichen Monster mit triefendem Maul. Dann verwandelte er sich in Jack. Als der sich vor seinem eigenen Spiegelbild erblickte, rang er nach Luft und fiel regungslos zu Boden. Aber der Geist gab sich mit diesem Schauspiel nicht zufrieden. Er herrschte Jack an, er möge sofort die Heizung und das warme Wasser aufdrehen. Dann sollte er das Haus sanieren lassen, sodass sich die Leute wieder wohl in diesem Haus fühlen konnten. Er flog um Jacks Kopf herum wie eine Mücke um das Licht.

Jack beugte sich vor dem Geist zu Boden, wie ein Lakai vor seinem Herrn. Aus voller Kehle schrie er den Geist an: „Ja, ich tu alles, was Du willst, aber lasse mich in Ruhe und lasse mir bitte mein Leben." Der Geist lachte laut und meinte, dass er Jack nicht so ohne weiteres davon kommen lassen würde. Er wollte von Jack wissen, wo der das ganze Geld für die Nebenkosten versteckt hielt. Jack aber schwieg, wollte nicht sagen, wo sich dieses Geld befand. Der Geist lachte unablässig und meinte, dass er nicht eher verschwinden würde, bis er wüsste, wo das verschwundene Geld sei. Bis dahin würde er Jack als blutrünstiges Monster erscheinen. Jack hob seinen Kopf, glaubte schon, der Geist hätte aufgegeben. Dieser aber hatte wohl noch nicht einmal begonnen. Urplötzlich verwandelte er sich in eine Riesenschlange und zischte ohrenbetäubend laut in Jacks Ohren. Dann umschlang die Schlange Jacks Leib und drückte ihn immer fester zusammen. Jack bekam kaum noch Luft und schrie laut um Hilfe. Aber die Riesenschlange presste ihren Leib gnadenlos um ihn herum und lachte schrill dabei. Jack hielt es nicht mehr aus. Kurz bevor er sein Bewusstsein wohl für immer verloren hätte, rief er, wo sich das Geld befand. Sofort lockerte sich die Umklammerung der Riesenschlange. Jack bekam wieder ausreichend Luft. Dann verschwand der Geist und ließ Jack in der Dunkelheit zurück. Der ließ sich kraftlos in eine Ecke des Kellerraumes fallen und atmete tief durch. Der Geist holte unterdessen das Geld aus dem Versteck. Jack hatte es im Toilettenspülkasten seiner Wohnung versteckt. Es waren ungefähr zweihunderttausend Dollar. Der Geist verteilte das Geld unter den sechs Mietern und kehrte dann in den Kellerraum zurück. Dort bäumte er sich noch ein letztes Mal bedrohlich vor Jack auf bevor er in einer Wolke aus Licht verschwand. Jack schleppte sich mit letzter Kraft aus dem plötzlich offen stehenden Kellerraum ins Treppenhaus. Dort rief er laut um Hilfe. Doch es kam keiner der Bewohner. Stattdessen wurde er von der Polizei verhaftet. Denn er war schuld am Tode des Mieters, der vor Kälte an der Lungenentzündung verstorben war. Jack kam in Untersuchungshaft und wurde später verurteilt, den Mietern eine Abfindung und Schmerzensgeld für die durchgestandenen Qualen zu zahlen. Weil er das nicht konnte, musste er sein Haus verkaufen. Einer der Mieter kaufte das Gebäude und ließ Jack unter strengen Auflagen weiter im Hause wohnen.

Die Bewohner jedoch lebten recht zufrieden von dem zurückgehaltenen Geld des bösen Vermieters. Als Jack eines Tages arglos durchs Treppenhaus ging, sah er eine fremde Person im Hause und sprach sie an. Als sich die fremde Person umdrehte und sagte, dass sie fortan mit im Hause leben würde, erkannte Jack die Person sofort: es war der verstorbene Mieter, der ihm als Geist erschienen war ...

Silberner Engel

Mick war einst ein berühmter Schauspieler und lebte seit Jahr und Tag recht glücklich und zufrieden in seiner mondänen Villa in West Hollywood. Eines Tages jedoch schien ihn das Glück zu verlassen.

Die Leute wollten seine Filme nicht mehr sehen. Und obwohl er alles gab und die Actionszenen in den Filmen beispiellos gelungen waren, blieben die Kinokassen leer. Micks Management hüllte sich in großes Schweigen, wenn es darum ging, ob Mick einen neuen Film drehen sollte. Zu groß schien ihnen das Risiko, dass sie auf den hohen Kosten sitzenblieben. So wie in alter Zeit Millionen für einen neuen Film mit Mick als Hauptdarsteller auszugeben, fanden sie gar nicht mehr so prickelnd. Mick war am Boden zerstört und konnte es einfach nicht begreifen! Er, der einmal so gefragt war, in der Bedeutungslosigkeit versunken! Als schließlich auch seine Kreditkarten nicht mehr angenommen wurden, sah er sich gezwungen, seine Villa zum Kauf anzubieten. Auch der teure Wagen, inklusive Chauffeur kam unter den Hammer und irgendwann fand sich Mick in einer winzigen Wohnung in einem abgehalfterten Wohnsilo San Franciscos wieder. War das sein Ende? Sollte er aufgeben und den Kopf fortan in den Sand stecken? Er war ja auch nicht mehr so jung und die jungen neuen und viel wilderen Schauspieler wollten auf den Markt. Da störte er ja nur. Wer wollte schon die Falten eines alternden erfolglosen Schauspielers sehen? Wochenlang sperrte er sich ein, ließ die Jalousien an den Fenstern herunter und legte sich depressiv ins Bett. Er aß kaum noch etwas und zog den Telefonstecker aus der Dose. Allerdings brauchte er letzteres gar nicht mehr zu tun, denn ihn rief ohnehin keiner mehr an. Niemand kannte ihn mehr und seine vermeintlichen Freunde hatten ihn längst abgeschrieben. Als er so in der Dunkelheit seiner einsamen Wohnung, am Rande aller Eitelkeiten und aller Träume vor sich hin vegetierte, weckte ihn eines Nachts eine merkwürdige Erscheinung. Erst knisterte es ganz seltsam, dann erschien vor Micks erstauntem Gesicht eine leuchtende Silberwolke. Zuerst glaubte Mick, eine Halluzination zu haben, dann schob er alles auf seinen Depressionen. Als das auch nicht wirkte, trank er einen gehörigen Schluck aus der Whiskyflasche, die neuerdings neben seinem Bett ihr zweites Zuhause gefunden hatte. Allerdings half auch das nicht viel. Die Silberwolke wurde größer und heller und alsbald war der ganze Raum, der einst so dunkel und voller Traurigkeit war, strahlend hell und blitzende Sterne flogen durch die Luft. Mick saß in seinem Bett und glaubte, er träumte. Aber es war ein faszinierender, wunderschöner Traum. Ein Traum von einer außergewöhnlichen, viel zu fremden Welt. Und doch - diese vielen Sterne um ihn herum gaben ihm plötzlich so viel Zuversicht und Tränen liefen über sein Gesicht. Ausgerechnet ihm, dem Schauspieler, der eigentlich gar nicht mehr gebraucht wurde, erschien dieses unsagbare Wunder. Doch das war noch längst nicht alles, denn zwischen all diesen wundervollen Sternen erschien ein silberner Engel mit silbernen Flügeln und lächelte ihn an. Er schwebte vor ihm und sprach kein Wort. Und gleichzeitig erhob sich eine seltsame Melodie, die so gar nicht von dieser Welt schien und erfüllte den Raum mit Magie und wundersamen Tönen. Sie war so sanft und warmherzig, dass Mick aus seinem Bett kroch und sich inmitten all der silbernen glitzernden Sterne im Tanze drehte. Der Engel, der das sah, bewegte seine Arme und schien die vielen Sterne anzuweisen, sich um Mick zu drehen. Sie drehten sich immer schneller und schließlich fand sich Mick in einer Serenade aus Licht wieder. So hell war es seit langer Zeit nicht mehr in seinem Leben. Aber wo kamen dieses Licht und all diese vielen Sterne, und vor allem, wo kam dieser silberne Engel her? Immer wieder stellte er sich diese Frage, aber wen interessierte das schon. Er war in diesem Moment so unsagbar glücklich, dass er sich einfach nur wohl fühlte. Diesen Augenblick des Glücks und der Hoffnung wollte er genießen, saugte ihn wie ein Schwamm in sich und in seine Seele auf. Das durfte niemals mehr aufhören. Und tief in seinem Herzen spürte er eine unsagbar starke Lust, etwas ganz Neues zu beginnen. Er schaute zu dem Engel, der ihn die ganze Zeit zu beobachten schien. Dieser Engel schien sich zu freuen, aber er schien auch sehr besorgt zu sein. Wie kam das nur? Kannte ihn dieser Engel? Wusste er von seinen Sorgen und Nöten? Und als er den Engel so betrachtete, wusste er es genau. Ja, dieser Engel kannte ihn wie ihn keiner sonst kennen konnte. Vielleicht wusste er besser bescheid über ihn als er selbst? Aber warum dieser Tanz zwischen den Sternen. Warum diese Helligkeit? In der Silberwolke erschien ein dreidimensionales

Bild. Es war, als würde ein Film auf einer riesigen Leinwand unmittelbar vor ihm abgespielt werden. Und als er sich selbst dort auf der Leinwand erblickte, erschrak er. Er sah sich, wie er einen Engel in einem ganz neuen Film spielte. So etwas hatte er noch nie in seinem Leben gespielt, einen Engel. Und als der wunderschöne Film endete, strömten Millionen und Abermillionen Menschen auf der ganzen Welt in die Kinos und wollten ihn sehen.

Alle wollten diesen einen Engel sehen. Einen Engel, der den Leuten so viel Hoffnung und so viel Kraft geben konnte, wie sonst keiner. Plötzlich jedoch verblasste das Bild. Der Engel aber nickte Mick aufmunternd zu und verschwand in der Silberwolke. Gleichzeitig verschwanden auch die vielen silbernen Sterne. Mick stand vor seinem Bett in der Dunkelheit seines armseligen Zimmers und fühlte sich so allein. Dieser Engel war viel mutiger als er, dachte er sich nur und wollte sich wieder in sein Bett legen, um auch den nächsten Tag zu verschlafen. Doch irgendetwas hielt ihn davon ab. Er konnte sich das nicht erklären, aber er konnte sich einfach nicht mehr ins Bett legen. Stattdessen setzte er sich an sein Telefon und rief sein Management an. Er sprach auf den Anrufbeantworter, dass er eine ganz neue Idee für einen ganz besonderen Film habe. Als er aufgelegt hatte, wusste er plötzlich, dass das, was er nun vorhatte, das Richtige war. Er wusste genau, dass sein Vorhaben gut war und ein großer Erfolg werden könnte. So etwas hatte er noch niemals zuvor gefühlt. Noch niemals war er sich so sicher wie in diesem Augenblick. Allein das glich bereits einem Wunder. Als der Morgen graute, fuhr er schon recht früh zeitig zu seinem Manager und unterbreitete ihm den neuen Vorschlag. Der schien zunächst gelangweilt und wollte nicht so recht mit Mick sprechen. Doch als er spürte, wie entschlossen und kraftvoll Mick redete und wie zielsicher er die einzelnen Szenen darlegte, staunte er. So hatte er Mick wirklich noch nie kennengelernt. Das war eine ganz neue Seite an seinem Schauspieler. Ja, einen solchen Film wollte er drehen und Mick sollte den silbernen Engel spielen. Dafür lohnte es, das Geld locker zu machen. Schon wenige Tage später waren alle Formalitäten geregelt und dann begannen die Dreharbeiten. Mick spielte wie ein junger Gott. Die Rolle als „Silberner Engel" schien ihm wie auf den Leib geschrieben zu sein. Das machte ihm wahrlich keiner nach. Und als der Film in die Kinos kam, wurde er ein absoluter Kassenknüller. Er spielte Millionen, ja sogar Milliarden ein und jeder Mensch auf dieser großen weiten Welt kannte ihn. Mick wurde weltberühmt. Er war der „Silberne Engel" aus dem wunderschönen Film. Soviel Ruhm wurde ihm noch niemals zuteil und er wurde in nahezu jede große TV-Anstalt dieser Welt eingeladen. Mick, der „Silberne Engel"! Was für ein märchenhafter Erfolg! Längst konnte es sich Mick leisten, eine riesige Villa in West Hollywood zu kaufen. Doch das wollte er gar nicht. Er zog wieder in seine etwas kleinere bescheidenere Villa und fuhr ein ganz normales Auto, ohne Chauffeur! Er wusste nun, dass es auf all den Reichtum und die Millionenvilla gar nicht ankam. Wichtig war nur, dass er für eine Sache alles geben konnte, dass er für seinen großen Traum leben und sterben wollte. So hatte er es schließlich geschafft! Und als er eines Nachts auf der Terrasse seiner Villa in den sternenklaren Himmel schaute, entdeckte er südlich des Andromeda Nebels einen silbernen Schein, der aussah, wie eine kleine Wolke. Und irgendjemand stand plötzlich neben ihm und schaute gemeinsam mit ihm zu den Sternen hinauf. Es war der silberne Engel und Mick wusste, dass man nur zu den Engeln kommen darf, wenn man ein

Mensch bleibt und anderen Menschen Hoffnung gibt.

Ein bisschen Weihnachten

Ture saß im Rollstuhl und hatte sich längst mit seinem Schicksal abgefunden. Zwar betrachtete er sich oft die alten Fotos, auf denen er noch laufen konnte und sich mit hübschen Mädchen amüsierte. Aber nach diesem schrecklichen Unfall, nachdem man beide Beine amputieren musste, veränderte sich sein Leben von Grund auf. Er verlor seine Arbeit und musste sich an einen Rollstuhl gewöhnen. Doch er war nicht allein, denn oft kamen seine beiden Freunde, die ihm seit der schlimmen Zeit damals noch geblieben waren. Auf sie konnte er sich immer verlassen. Wenn er sie brauchte, waren sie da. Allerdings schwelgte er sehr oft in Erinnerungen. Dann sah er sich als Kind, an der Universität, in seinem Beruf – damals, vor drei Jahren. Und dicke Tränen rannen ihm übers Gesicht. Am traurigsten aber wurde er, wenn er an seine Mutter dachte. Sie hatte ihn allein groß gezogen und ihm alles gegeben, was er brauchte und wollte. Sie las ihm beinahe jeden Wunsch von den Augen ab und ohne ihre Hilfe wäre es damals nicht weitergegangen. Sie war sehr oft bei ihm und half ihm, wo sie konnte. Außerdem waren sie dann zusammen und konnten miteinander lachen, und sich erinnern an die alten, viel zu schönen Zeiten. Sie erinnerten sich auch an Weihnachten, an den wunderschönen glänzenden Weihnachtsbaum. Ach, der durfte niemals fehlen. Nur ganz selten hatte Ture einen ganz kleinen Wunsch, doch er sprach mit keinem darüber, denn er wollte noch einmal laufen können und einen einzigen Abend durch die Straßen seiner kleinen Stadt gehen. Heimlich nur, es durfte keiner sehen. Aber er wusste, dass so etwas ganz sicher niemals geschehen würde. Er war nur ein Mensch und kein Zauberer oder ein überirdisches Wesen. Und so klappte er sein Fotoalbum zu und fuhr traurig durch seine kleine Wohnung.

Und an der Tür da schaute er,
ob alles gut war, und auch schön
Nie wollte er fort von hier gehn
Denn alles war so gut und schön
Nur manchmal kam die Trauer her

Dann wollt er laufen durch die Welt
Mit Mutter gehen durch den Park
Es fühlte sich unglaublich stark
Vielleicht kam auch für ihn der Tag
Er brauchte dazu auch kein Geld

Aber er wusste, dass alles Hoffen, sich nur eine Minute selbständig auf den Beinen zu halten vollkommen unmöglich war. Außerdem konnte er ja recht gut mit seinem Rollstuhl umgehen, dass ihn das kaum noch behinderte. Als er am Abend in seinem Bettchen lag, hatte er einen seltsamen Traum. Einen Traum, den er in den letzten Jahren niemals hatte. Er sah sich, wie er sich aus dem Rollstuhl erhob und seine Arme ausbreitete. Dann lief er einige Schritte und stand plötzlich auf einer unübersehbar großen grünen Wiese. Es war die Wiese hinter seinem Heimathaus, wo ihm seine Mutter das Fahrradfahren beigebracht hatte. Und vom Himmel fielen goldene Sterne auf ihn herab. Es war wie ein Wunder. Er sah seine Mutter, die weinend am Wegesrand stand und zusah, wie ihr Sohn wieder laufen konnte. Wie wunderbar war doch in diesem Augenblick diese Welt. Sein Herz schlug kräftig und stark und er wusste, dass er es konnte. Und auf einmal war ihm, als sei dieser

Traum ganz real. Konnte er wirklich wieder laufen? Er öffnete seine Augen und sah am Fenster seines Schlafzimmers einen kleinen leuchtenden Weihnachtsbaum stehen. Wie konnte so etwas nur möglich sein? Weihnachten war doch erst in drei Wochen!

Vorsichtig klappte er die Decke zurück und schaute auf seine Beine.

Sie sahen gar nicht mehr so leblos aus wie vor Stunden noch. Sollte er es wagen? Sollte er sich in die Beine zwicken? Was, wenn er doch nichts spürte und seine Träume ihm nur etwas vorgegaukelt hatten? Würde er das verkraften? In seinem Innern spürte er jedoch, dass das nicht geschehen würde. Mutig kniff er sich ins Bein! "Au!", schrie er laut. Und plötzlich musste er weinen. Er fühlte tatsächlich etwas. Das, was da so schmerzte, waren seine Beine!

Irritiert aber irgendwie erleichtert schaute er zu dem seltsamen Weihnachtsbaum am Fenster und stellte seine Beine auf den Boden. Ganz langsam erhob er sich, und es funktionierte, er konnte stehen! Und da wartete auch plötzlich Mutter in der Tür. Heimlich hatte sie ihn beobachtet. Sie lachte und hatte ebenfalls Tränen in den Augen. Sie wollte ihrem Sohn zu Hilfe eilen, doch der winkte ab. „Ich schaff das schon!", rief er laut. Und ganz langsam humpelte er auf seine Mutter zu. Die fing ihn schließlich auf und beide lagen sich weinend in den Armen. Wie konnte das nur möglich sein? Er konnte wieder laufen und genoss es sichtlich, durch den kleinen Raum zu wanken. Ja, das war ein Wunder, ein richtiges sogar!

Der Weihnachtsbaum am Fenster leuchtete so hell wie die Sonne am Tage. So etwas hatte er noch nie gesehen. Konnte jetzt schon Weihnachten sein? Er lächelte - für ihn schon! Denn das war ja sein Weihnachtswunsch! Und er henkelte sich bei seiner Mutter ein. Zusammen gingen sie hinaus und liefen ein Stück durch die nächtlichen Straßen. Am Himmel zogen dutzende Sternschnuppen ihre Bahnen. Und das Mondlicht spiegelte sich im Eis, welches sich auf der Straße gebildet hatte. So hatte er sich das gewünscht. Er war glücklich und so unendlich dankbar. Wer nur hatte von seinem Wunsch gewusst, er hatte es doch keinem je gesagt. Er schaute zurück zu den Fenstern seiner Wohnung. Hinter der Gardine seines Schlafzimmerfensters leuchtete der Weihnachtsbaum in märchenhaftem Glanz. Niemand hatte in dieser wundervollen Nacht einen solchen wundervollen Weihnachtsbaum. Und niemandem geschah in dieser einen Nacht ein solches Wunder. Es war wie ein Zauber. Und die beiden, Mutter und Sohn, liefen nebeneinander her, als wäre es niemals anders gewesen.

Ach welches Glück da nur geschah
Was für ein Wunder tat sich auf
Was niemand sonst auf dieser Welt je sah,
das war dies Wunder, was geschah
Es war sein allerbester Lauf

Und leise fiel ein Stern herab
Ein Glockenklang zog durch die Zeit
In jener kleinen fernen Stadt
Fiel der schönste Traum herab
Und alle Trauer schien so weit

Es war so ein weihnachtliches Gefühl, welches beide da beherrschte, dort, auf der Straße, irgendwo auf dieser weiten Welt. Manches Wunder kündigt sich nicht an und kommt einfach so. Er genoss es so sehr und seine Mutter freute sich für ihn. Plötzlich verschwanden sie in der Unendlichkeit von Raum und von Zeit und Ture erwachte. Durchs Fenster fiel das helle Licht der Morgensonne. Doch, wo war der Weihnachtsbaum, wo seine Mutter? Er erinnerte sich: er konnte ja eben noch laufen. Und jetzt? Er kniff sich in die Beine, doch er spürte sie nicht. Wie konnte das sein? Nein, er erschrak nicht. Denn er wusste genau, dass der Traum der letzten Nacht stattgefunden hatte. Er musste wahr gewesen sein! Ja, er wusste es genau! Und er lachte laut. Irgendwann kam seine Mutter und fragte ihn, warum er so froh war. Da sagte er zu ihr: „Ich hatte einen wundervollen Traum in der letzten Nacht. Es war Weihnachten, nur für mich allein. Und wir beide liefen durch die Straßen. Ich war so glücklich, so unendlich glücklich. Nein, so glücklich war ich niemals je zuvor. Und wer weiß, vielleicht kann ich ja irgendwann auch wieder einmal laufen? Und wenn nicht, war es doch so schön in der letzten Nacht. Diese Freiheit werde ich nie vergessen. Es ist auch so schön, dass Du da bist, Mutter."

Die beiden fielen sich in die Arme und begaben sich hinaus auf die Straße. Es hatte geschneit und überall lag meterhoch der Schnee. Ob manche Träume jemals wahr werden? Ture wusste es- es konnte geschehen. Man muss nur ganz fest an sie glauben. Dann würde vielleicht einer dieser wundervollen Träume wahr. Und als die Mutter wenig später in Tures Wohnung sauber machte, fiel ihr etwas sehr seltsames auf: auf dem Fußboden vor dem Schlafzimmerfenster,

gleich hinter der Gardine entdeckte sie Tan-
nenadeln. Sie rochen so geheimnisvoll nach
Wald und nach Freiheit, dass sie meinte,
eben habe da ein Tannenbaum gestanden ...

Das Grauen

D as alte Schloss „Rabenwald" lag friedlich und malerisch eingebettet unter den Bäumen des Waldes. Es stammte noch aus dem 14. Jahrhundert und wurde einst von der legendären Fürstin Reinhilde von Rabenwald erbaut. Wer sie wirklich war, wusste niemand. Sie achtete auf strickte Verschwiegenheit, wobei sie auch kaum Personal, das sich um die Belange des Schlosses hätte kümmern können, einstellte. Die Fürstin lebte sehr lange auf dem Schloss, bis sie schließlich verschwand. Lange stand dieses Schloss leer und es rankten sich dutzende Legenden um diese ehrwürdige Anlage. Seine Bauart und seine Lage erinnerten eher an ein Spukschloss als an einen herrlichen Landsitz. Außerdem kursierte jahrelang die Annahme, ein Zauberer hätte sich hinter den dunklen Mauern des Schlosses eingenistet und würde jeden umbringen, der sich dem Bauwerk nähert. Bis heute konnte das nicht bewiesen werden. Allerdings konnte auch keiner diese Sage widerlegen. Aber es war ein Fakt, dass seltsame Dinge dort vorgingen. Es musste wohl ein Nachkomme der Fürstin von Rabenwald gewesen sein, der das Schloss nun seit vielen Jahren nutzte. Nur gesehen hatte man ihn nie. Er ließ den tiefen Graben, der um das Schloss führte erneuern und mit Wasser befüllen. Außerdem ließ er sämtliche Fenster, die nach außen zeigten, zumauern. Seitdem glich das Schloss eher einer Festung und niemand wagte sich in die Nähe dieser geheimnisvollen Anlage. Ich hatte von diesem Schloss gehört und sofort packte mich meine Neugierde. Natürlich wollte ich mehr über die Schlossanlage wissen und erfuhr über Umwege, dass über die Jahrhunderte dutzende von Menschen aus dem nahe gelegenen Dorf verschwanden. Man konnte sie nie mehr wieder finden, und nun wurden wieder zwei Männer vermisst. Besonders im Mittelalter verzeichnete man unzählige solcher Fälle. Und so wunderte es auch nicht, dass es auch bis in die heutige Zeit immer wieder vorkam, dass Menschen aus verschwanden. Erst vor drei Monaten vor meiner Ankunft vermisste man zwei Bauern aus dem Dorf. Das letzte Mal sah man sie, als sie sich auf dem Weg, der durch das dichte Waldstück um das Schloss führte. Und es war klar, dass sich die gruseligsten Geschichten um das Verschwinden der Männer rankten. Man sprach sogar davon, dass man die beiden umgebracht hätte und deren grausam entstellte Geister seitdem durch den Wald flogen würden. Ich konnte all diese Dinge nicht glauben. Es gab ganz sicher eine logische Erklärung für deren Verschwinden. Aber das war ganz sicher nicht der Grund, der mich in die herrliche Landschaft, rund um das alte Schloss trieb. Ich wollte eine Reportage schreiben, in welcher natürlich das Schloss eine tragende Rolle spielen sollte. Denn es sollten wieder mehr Touristen in das Gebiet kommen. Und ich wollte mit meiner Reportage ein wenig dabei behilflich sein. So fuhr ich hin und staunte, wie sorgsam man in dieser Gegend mit der Natur umgegangen war. Man hatte neue Seen angelegt und die kleinen Dörfer liebevoll restauriert. Das alles musste ganz bestimmt ein Heidengeld gekostet haben. Aber es gefiel. Trotzdem blieben die Besucher aus. Die entsetzlichen Legenden, die das Schloss umgaben, schienen wohl noch immer von den Leuten für bare Münze gehalten zu werden.

Und da waren ja auch noch die beiden vermissten Männer. Wo waren die abgeblieben? Waren sie tatsächlich umgekommen? Ich mietete mich in einer kleinen Pension des Dorfes ein.

Die Wirtin, eine ältere würdige Dame taxierte mich genau und schob mir misstrauisch den Schlüssel für mein Zimmer über den Tresen. Was die wohl denken mochte? Und als ich später durch das winzige Dorf lief, hatte ich die Vermutung, dass die Leute ganz allgemein sehr misstrauisch waren. Lag das an dem alten Schloss, an den Legenden oder vielleicht auch an den beiden vermissten Bauern? Ich nahm mir vor, gleich am nächsten Tag zum Schloss zu wandern. Vielleicht fand ich ja dort etwas, dass mit dem Verschwinden der Bauern zu tun haben konnte. Vielleicht fand ich auch ein Geheimnis, welches sich seit dem Verschwinden von Fürstin von Rabenwald wie ein Leichentuch über der Gegend ausgebreitet hatte. Am Abend saß ich noch eine Weile in der kleinen Gaststube der Pension. Die Wirtin stand hinter ihrem Tresen und beobachtete mich in einem fort. Mir war das lästig, weil ich auf diese Weise kaum einen Bissen herunter bekam.
Ich ging zu ihr und fragte sie, was eigentlich los sei. Ich wollte wissen, warum sie mich so kritisch musterte. Vielleicht wollte sie mir ja auch irgendetwas sagen, was sie sich nicht traute. Zunächst schwieg sie und wollte sich sofort zurückziehen. Doch ich ließ nicht locker und so zog sie mich in ein Hinterzim-

mer und flüsterte: „Wir beobachten hier alle Fremden, die ankommen. Denn wer weiß, wer sich hinter so manchem Lächeln wirklich verbirgt. Aber auf Schloss Rabenwald gehen merkwürdige Dinge vor. Seit Jahren, nein, seit Jahrhunderten verschwinden immer wieder Leute und nie wurden die Fälle aufgeklärt. Aber wissen Sie, dieser neue Schlossherr, den man nie sah, ist nicht ganz ohne. Ich hab gehört, dass er Menschen fängt und aufisst. Neulich sah ich ein seltsames Feuer auf einem der Schlosstürmchen. Es war bereits gegen Mitternacht und plötzlich hörte ich ein lautes Lachen und das Feuer erhob sich wie der Feuerstrahl des Teufels in den Himmel. Seitdem redet hier kaum noch jemand mit dem anderen."

Ich schaute die Wirtin misstrauisch an. Sollte es tatsächlich möglich sein, dass hier alle den Durchblick verloren hatten? Was redete diese Dame da für ein wirres Zeug? Menschenfresser, der Teufel, zum Himmel fliegende Feuerbälle, was sollte das? Wollten die Leute damit vielleicht die Fremden vertreiben, weil sie in Wahrheit gar kein Interesse an Besuchern hatten? Noch am selben Abend sprach ich mit dem Bürgermeister des Dorfes. Der war zwar anfänglich ebenfalls ein wenig verschwiegen, doch dann schien er sehr angetan von meiner Idee, mit Hilfe der Reportage über diese wunderschöne Gegend neue Besucher und damit auch Touristen herzulocken. Er wollte mein Vorhaben unterstützen und einen Reiseführer, den ich schreiben sollte, herausbringen.

Als ich schließlich irgendwann in der Nacht von meinen Streifzügen in mein Pensionszimmer zurückkehrte, legte ich mich gleich ins Bett. Doch als ich das Licht ausschaltete und durchs Fenster, welches gleich gegenüber von meinem Bett war, hindurchschaute, bemerkte ich einen hellen Schein am Himmel. Was war das? Der Mond? Ein Scheinwerfer? Noch einmal stand ich auf und schaute nach. Da sah ich es nun, dieses seltsame Feuer. Wie eine Art Lichtkugel erhob es sich geräuschlos in den dunklen Nachthimmel hinein. Sie kam aus dem Waldstück, in welchem sich das alte Schloss Rabenwald befand. Was war das nur? Ein Kugelblitz? Man sagte ja, dass man die noch immer nicht so genau erforscht hätte. Aber ein Kugelblitz, bei schönem Wetter? Ich legte mich zurück ins Bett und dachte noch lange nach. Welches Geheimnis verbarg sich hinter der Fassade dieses alten Schlosses? Am nächsten Morgen schlief ich etwas länger. Der vergangene Abend war wohl etwas zu aufregend, sodass ich mich wie gerädert fühlte. Trotzdem trieb mich meine Neugierde schließlich aus dem Bett. Nach dem Frühstück packte ich meinen Rucksack und zog los.

Es dauerte ein wenig, bis ich den Wald erreichte, in welchem das Schloss stand. Und es dauerte noch viel länger, durch die wilde Natur zu klettern, weil sich über Jahre keiner mehr mit der Befestigung der Wege befasst hatte. Man wollte wohl nicht, dass jemand bis zum Schloss vordringen konnte. Irgendwann hatte ich das letzte Gebüsch hinter mich gebracht und lief über eine Wiese bis zum Schlossgraben. Und da stand es plötzlich vor mir: Schloss Rabenwald! Wie eine verfallene Geisterburg erhob es sich vor mir und seine kleinen Türmchen an allen vier Ecken der Anlage ragten drohend und spitz in den Himmel hinein.

Offenbar hatte man das Schloss seit Jahrhunderten nicht mehr verputzt. Überall bröckelte die Fassade und gab den Blick auf die eigentliche Bausubstanz frei. Teilweise war das Schloss mit Moosen und Gebüsch überwuchert. Und der Wassergraben rund um die Anlage war nicht sehr breit aber vermutlich sehr tief. Schlagartig wurde mir klar, dass sich in dieses Gebäude bisher keiner hinein traute. Und dann diese grauenvollen

Legenden von Menschenfressern, die hinter der wurmstichigen Fassade ihr Unwesen treiben sollten. Werbewirksam war das wahrlich nicht. Ich allerdings ließ mich von solcherlei Dingen nicht abhalten. Immerhin hatte ich einen wichtigen Auftrag, die Reportage über diese doch recht schöne Gegend. Sie musste in einer Woche fertig sein. Es schien wohl keinen Eingang in das Schloss zu geben. Jedenfalls lief ich um das ehrwürdige Gebäude herum, ohne einen zu entdecken. Dafür entdeckte ich eine hochgezogene Zugbrücke, die jegliches Eindringen in den vermutlich dahinter befindlichen Schlosshof verhinderte. Wie kam ich also in dieses Schloss hinein? Immer wieder durchquerte ich das Areal vorm Wassergraben. Und plötzlich trat ich auf etwas Hohles. Zumindest hörte es sich an, als ob unter meinen Füßen eine Grube sei. War das eine Falltür? Erschrocken sprang ich auf einen dicken abgesägten Baumstamm. Doch nichts geschah, die vermeintliche Falltür hielt wohl stand. Noch einmal schlich ich mich an diese Stelle, entfernte das darüber gewachsene Gebüsch und sah, dass es sich um eine verrostete Eisenluke mit einem Haken daran handelte. Sicher konnte man diese Luke mit dem Haken öffnen. Mit ganzer Kraft zerrte ich daran, doch die Luke bewegte sich nicht einen Millimeter. Gab es da noch einen anderen Trick? Ich suchte das Gebüsch ab und entdeckte etwas sehr sonderbares. In eine Baumwurzel eingelassen verbarg sich etwas sehr Irdisches: es war ein elektronisches Zahlenschloss. Darin blinkte ein rotes Lämpchen. Nun musste ich nur noch den Code wissen, dann könnte ich vielleicht die Luke öffnen. Aber wie sollte ich diesen Code herausfinden? Ein Computerhacker war ich nie gewesen, auch wenn ich meine Texte ausschließlich mit meinem Laptop schrieb. Ich schaute mich um - nein, es gab keine Hinweise auf den Code, doch halt! Einen Hinweis könnte es möglicherweise doch geben: die Ausrichtung der Bäume! Es waren fünf Bäume, in deren Mitte sich die Baumwurzel mit dem Zahlenschloss befand. Die fünf Bäume sahen ein wenig seltsam aus, denn man hatte sie von den meisten ihrer Äste befreit. Nur wenige Äste hatte man dran gelassen. War das vielleicht der Zahlencode? Ich zählte am ersten Baum 5 Äste, am zweiten 4, und dann noch die Zahlen 937. Mit diesen Zahlen kroch ich zur Wurzel mit dem Zahlenschloss zurück und gab die Zahlen dort ein. Es passierte jedoch nichts. Vermutlich war das die falsche Reihenfolge der Zahlen und ich versuchte alle möglichen Varianten aus, und endlich, das lang ersehnte Knacken ertönte! Kraftvoll zog ich am Haken der Luke und diese sprang wie von allein auf.

Sie gab den Blick auf eine Leiter frei. Umständlich hievte ich mich durch die Öffnung und als ich auf der Leiter stand schloss sich die Luke sofort wieder über mir. Die Leiter führte zu einem Stollen. Überall brannte Licht, dennoch war es nicht sehr hell. Außerdem zog eisige Kälte durch den Stollen und ich lief einen Schritt schneller, um mich ein wenig warmzulaufen. Endlich kam ich an eine steinerne Treppe. Hier musste es zum Schloss hinauf gehen. Vorsichtig schritt ich nach oben. Überall in den Wänden befanden sich Nischen und alte verwitterte Holztüren. Ich drückte die schmiedeeisernen Klinken, doch keine dieser Türen ließ sich öffnen. Schließlich gelangte ich in einen großen düsteren Raum. An den Wänden hingen dutzende Trophäen. Möglicherweise ging der Hausherr gern zur Jagd. An der Stirnseite des Raumes hatte man einen großen Kamin in die Wand eingelassen. Doch es brannte kein Feuer darin. Es war bitterkalt in diesem Raum und ich konnte die Rauchfahne meines Atems sehen. Alles lag verlassen vor mir. Es wirkte auf mich, als sei das Schloss unbewohnt. Allerdings gab es noch viele Zimmer, die ich sehen wollte. Und mein Rundgang wurde nicht unterbrochen. Kein Menschen fressendes Ungeheuer verstellte mir den Weg, auch kein blutsaugender Graf tauchte leichenblass vor mir auf. Nichts! Nur die rätselhafte Stille und diese Einsamkeit, aber auch der Wind, der die Läden an den Fenster gespenstisch klappern ließ, verbreiteten ein gruseliges Fluidum. Ohne mich davon beirren zu lassen, lief ich weiter. Vielleicht traf ich ja doch noch jemanden. Immerhin wollte ich sehr gern den Schlossherren sprechen, wenngleich unangemeldet und auf eine recht ungewöhnliche Weise, sozusagen durch den Hintereingang kommend. Aber ich hatte Pech. Beinahe jedes der zahllosen Zimmer hatte ich schon gesehen, als ich vor einer engen Wendeltreppe stand. Kein Zweifel, hier musste es in eines der Turmzimmer gehen. Meine Neugierde trieb mich nach oben. Oben war wieder eine Tür; ich öffnete sie und vor mir stand ein Mann, von dem ich annahm, dass es der Hausherr sei. Erschrocken blieb ich stehen, hatte nicht damit gerechnet, doch noch jemanden zu finden. „Ich habe schon auf Sie gewartet.", sagte der Fremde mit relativ ruhiger Stimme. Mit einem solch merkwürdigen Empfang hatte ich wahrlich nicht gerechnet. Eher mit einer blutrünstigen Hundemeute, die sich gierig auf mich stürzten. Allerdings konnte ich mir gut vorstellen, dass mich dieser Mann vermutlich die ganze Zeit beobachtet hatte. Sicher hatte er in jedem seiner Zimmer Kameras installiert. In seinem schwarzen altertümlich wirkenden Anzug sah er ein wenig verstaubt aus. Und sein etwas verkühlter Unterton und sein knochiges Gesicht wiesen eher auf einen dahin kränkelnden Mittfünfziger hin als auf einen stolzen Schlossherren mit tausenden von Geheimnissen. Dennoch schien ihn etwas Merkwürdiges zu umgeben. War es seine krumme Nase, die mich an einen alten Hexenmeister erinnerte oder seine Wortkargheit, die mich doch schon ein wenig irritierte. Ich fragte ihn, warum man das Schloss nicht über die Zugbrücke erreichen konnte. Aber ich erntete dafür nur ein betretenes Schweigen. Überhaupt erschien es mir, als wollte mich dieser Mann zwar sehr gern empfangen, aber auch schnellstens wieder loswerden. Nur, warum holte er nicht die Polizei, wenn ich ihm doch so ungelegen kam. Immerhin war ich bei ihm eingebrochen. Doch dann stellte er sich vor, blieb allerdings sitzen dabei. Mit sonorer Stimme sagte er: „Mein Name ist Fürst Adalbert von Rabenwald. Es ist schön, dass Sie mich besuchen. Bisher kam nämlich noch niemand hierher."

Ich staunte, dass der Schlossherr nun doch mit mir sprechen wollte. Hatte ich seine Neugierde geweckt oder war diese Freundlichkeit am Ende nur aufgesetzt? Als ich mich in dem kleinen Zimmer umschaute, fiel mir etwas auf, das mir einen Schock versetzte. In einer Ecke lagen Knochen, menschliche Knochen, wie ich annahm. Der Fürst schien das bemerkt zu haben und meinte, dass diese Knochen nur zur Zierde in dieser Ecke lägen. Ich jedoch verstand diesen sonderbaren Humor ganz und gar nicht. Und deswegen kam ich gleich zur Sache. Ich stellte den Fürsten zur Rede, was er wohl zum Verschwinden von all den vielen Leuten meinte. Nach einer Minute des Schweigens wich der Fürst aus. Er versuchte mich abzulenken, schob wieder seine Traurigkeit vor, dass keiner zu ihm aufs Schloss käme und vermutlich deswegen solcherlei Legenden entstanden seien. Aber ich wollte es nun genau wissen, hatte den Fürsten wohl so weit, dass er gar nicht mehr anders konnte, als seine Maske fallen zu lassen. Lange schaute er mich an, als ich ihn erneut zur Rede stellte. Dann stand er unverrichteter Dinge auf und sagte im Vorübergehen: „Folgen Sie mir!"

Wir schritten die Wendeltreppe hinab und begaben uns in einen Nebenraum des darunter befindlichen Zimmers. Doch was ich da sah, ließ mir das Blut in den Adern gefrieren. In der Mitte des großen Raumes stand ein großer eiserner Käfig. Darin brüllte ein affenähnliches Wesen, oder war das ein Mensch? Das Wesen fletschte seine Zäune und brüllte, dass ich ängstlich einen Schritt zurück sprang. Der Fürst jedoch sagte: „Sie brauchen keine Angst zu haben. Das ist Hektor. Wir haben ihn vor vielen Jahren im Wald gefangen. Er ist ein Frühmensch, ein Australopithecus!" Ich konnte nicht glauben, was der Fürst mir da sagte. Ein Frühmensch? Waren die nicht vor Millionen von Jahren ausgestorben? Offenbar aber doch nicht, sonst hätte man dieses Exemplar ja nicht fangen können. Der Fürst erklärte mir, dass es damals, als er das Schloss erbte, mehrere dieser Frühmenschen in diesem Wald gab. Er habe herausgefunden, dass diese Frühmenschen jene Leute, die als vermisst galten, als Nahrung betrachteten. Er habe immer wieder die angefressenen Leichen der Toten im Wald gefunden und bestatte später deren Überreste auf dem winzigen Friedhof im

Schlossgarten. Hätte er die Toten liegengelassen, so dass sie von Dorfbewohnern gefunden worden wären, hätte man ihn als Mörder beschuldigt. Niemand hätte ihm geglaubt, dass es Frühmenschen waren, die lediglich auf Nahrungssuche waren.

Dennoch wunderte ich mich, warum der Fürst nie darüber an die Öffentlichkeit getreten war. Immerhin hätte das ja ein Magnet sein können, welches Touristen in ungeahnter Zahl in die Gegend hätte holen können. Um die Frühmenschen hätten sich Forscher gekümmert. Der Fürst hingegen wollte das nicht, bekundete, dass seine Vorgehensweise angeblich die einzige und beste Variante gewesen sei. Mich stellte das Ganze ganz und gar nicht zufrieden. Wie sollte ich meine Reportage schreiben, wenn ich ausgerechnet dieses wichtige Detail, welches zur Aufklärung der Todesfälle beitragen könnte, verschwieg. Denn dem Fürsten war es keineswegs recht, dass ich darüber schrieb.

Ich dankte dem Fürsten für seine Bereitschaft, wenigstens mich aufzuklären, wenngleich ich mich wunderte, dass er mir überhaupt das alles zeigte. Mit einem Händedruck verabschiedete er mich und ließ sogar die Zugbrücke herunter. Quietschend und klappernd gab sie den Weg über den Wassergraben frei. Auf meine Frage nach dem Feuer, welches gen Himmel flog, bekam ich keinerlei Antwort. Hinter mir vernahm ich noch das dumpfe Grollen, welches von der Anwesenheit dieses mysteriösen Frühmenschen kündete. Als sich die Zugbrücke langsam wieder schloss, sah ich den Fürsten, der mir mit ernster Mine hinterher starrte und mich ratlos zurückließ. Ich überlegte, wie ich meine Reportage schreiben sollte und wie ich dem Bürgermeister von meinen Erlebnissen berichten sollte, ohne den Frühmenschen zu erwähnen. Sollte ich überhaupt den Bürgermeister mit einbeziehen oder sollte ich doch zur Polizei? Immerhin gab es Todesfälle. Und der vermeintliche Frühmensch lebte noch! Ich ging zu meiner Pensionswirtin. Doch ich wusste nicht, ob ich ihr von meinen Beobachtungen berichten sollte. Wie würde sie reagieren, wenn sie all das hörte? Konnte ich das überhaupt tun? Trug nicht auch ich eine gewisse Verantwortung? Mir erschien das dann doch zu unsicher und ich ging zur Polizei. Ich war fest entschlossen, dort von dem Geheimnis zu erzählen. Der Beamte, dem ich mich anvertraute, schaute ebenso misstrauisch wie der Fürst.

Doch als ich ihm von dem ominösen Frühmenschen erzählte, wollte er es genau wissen. Er holte sich zwei seiner Kollegen und wollte sich selbst ein Bild von alledem machen. Gemeinsam zogen wir los. Immerhin gab es nun einen Verdacht, dem nachgegangen werden musste. Ich führte die Beamten zu der Baumwurzel mit dem Zahlenschloss. Die Nummer hatte ich mir behalten und auf einen Zettel geschrieben. Schnell gelangten wir in die Katakomben des Schlosskellers. Wir durchschritten den Stollen und standen alsbald in dem Raum mit dem Kamin und den Trophäen an den Wänden. Und es war ganz merkwürdig, auch diesmal war der Fürst nicht zugegen. Wieso kam er nicht, wenn doch die Polizei in seinem Schlosse herum stöberte. Das konnte ihm doch unmöglich recht sein. Als wir in dem Seitenraum standen, konnte ich es nicht fassen. Weder war da ein großer Käfig noch befand sich ein blutrünstiger Frühmensch in dessen Inneren. Es war, als sei nie etwas dergleichen in diesem Zimmer gewesen. Und vom Fürsten selbst fehlte jede Spur. Was ging hier nur vor?

Als ich aus dem Fenster schaute, bemerkte ich einen Feuerball, der von einem der Türmchen in den Himmel raste. Die Flammen loderten beängstigend in alle Richtungen und ich zeigte den Beamten dieses unfassbare Schauspiel. Die schüttelten ratlos mit ihren Köpfen und wussten wohl nicht so genau, ob sie das alles wirklich glauben sollten oder nicht. Das Schloss aber war menschenleer. Und einen Frühmenschen fanden wir erst recht nicht. Dafür bemerkte ich, dass der Feuerball gar nicht in den Himmel geflogen war. Vielmehr war er aufs Dach des Schlosses gestürzt, welches sofort in Flammen aufging. Rasend schnell fraßen sich die lodernden Flammen durch die Gebäude des Schlosses. Wir hatten große Mühe, die Anlage rechtzeitig zu verlassen. Offenbar war hier mit Brandbeschleunigern gearbeitet worden. Wollte hier jemand seine Spuren verwischen? Innerhalb weniger Minuten stand das gesamte Schloss in Flammen. Es hatte keinen Sinn, die Feuerwehr zu rufen. Wie sollte sie sich den Weg durch diese zugewachsene Gegend bahnen. Wir konnte nur noch zusehen, wie das Schloss vor unseren Augen buchstäblich in Rauch und Asche versank. Kurze Zeit später stand nur noch die verkohlte Ruine des Schlosses vor uns. Damit schien das Geheimnis von Schloss Rabenwald für immer verloren. Ein Gutes aber hatte das alles. Es kamen tatsächlich unzählige Besucher in die Gegend. Alle wollten die Schlossruine sehen und waren auf der Suche nach dem Menschen fressenden Frühmenschen. Den Bürgermeister freute das sehr. Und als er meine Reportage las, bedankte er sich für die gelungene Aktion, das Gebiet wieder attraktiver werden zu lassen. Ich jedoch war ganz und gar nicht glücklich mit dem Ergebnis. Leider aber gab es nun das Schloss nicht mehr. Wohl oder übel musste ich abreisen. Am Abend vor meiner Abreise lief ich noch einmal durch die verbrannte Ruine des Schlosses und setzte mich auf einen Stein. Da fiel mir ein seltsamer Kasten auf, der in der Asche lag.

Erst dachte ich, es sei ein großes Mauerstück, doch als ich den Ruß abwischte, bemerkte ich, dass es ein Tresor sein musste. Da er nicht sehr groß war, konnte ich ihn bis zu meinem Wagen tragen. In der Pension versuchte ich, ihn zu öffnen. Das ging nicht sehr schwer, denn die alte Mechanik hatte bei dem verheerenden Brand sehr stark gelitten. In seinem Inneren fand ich ein dickes Buch. Es war schon stark verrottet und ich musste vorsichtig damit umgehen, damit es nicht zerfiel. Es entpuppte sich als Chronik von Schloss Rabenwald!

Manche Seiten ließen sich beim besten Willen nicht mehr entziffern. Doch das, was ich entziffern konnte, schien das Geheimnis des

Schlosses zu lüften, wenngleich nicht vollständig, und ich konnte nicht glauben, was ich da las. Demnach war die alte Fürstin von Rabenwald ebenfalls ein Frühmensch. Die Gattung der Art „Australopithecus" kam einst in diese Gegend und überlebte. Die Fürstin hatte einen Sohn. Nachdem sie gestorben war, verließ er das Schloss und lebte im Wald. Doch da kam plötzlich das Feuer vom Himmel.

Blutrünstige Lebewesen, Aliens, traten aus dem Feuerball und bemächtigten sich des Schlosses. Der Sohn der alten Fürstin wurde gefangen genommen und im Schlosskeller eingesperrt. An ihm wurden Tests und Studien durchgeführt. Die Aliens aus dem Feuerball nahmen wohl an, dass es sich bei ihm um einen Bewohner der Erde handelte. Dass es sich nur um eine überlebende Rasse der Frühmenschen handelte, wussten sie nicht. Doch dann trafen sie auf die wirkliche Bevölkerung und entführten immer wieder Menschen. Diese Leute mussten für die Forschungszwecke der Aliens sterben. Die Morde schoben sie dem Frühmenschen zu, den sie künstlich über die vielen Jahrhunderte am Leben hielten. Er war das Opferlamm, welches die Aliens brauchten, um selbst nicht erkannt zu werden. Fürst von Rabenwald war einer dieser Aliens. Als ich die Polizei hinzuzog, glaubte er sich enttarnt und floh. Da sich die Aliens mit Feuer sehr gut auszukennen schienen, zündeten sie das Schloss an. Nun gab es keinerlei Beweise mehr, glaubten sie. Doch an die mysteriöse Chronik dachten sie nicht. Nur, wer hatte die geschrieben? Da musste doch noch jemand sein, der all das aufgeschrieben hatte? Denn die Aliens konnten es nicht gewesen sein und die Frühmenschen?

Gab es die vielleicht noch? Als ich die Schlossruine verließ und durch den Wald zu meinem Fahrzeug lief, sah ich zwischen den Bäumen zwei merkwürdige Gestalten. Ich versuchte, Genaueres zu erkennen. Doch als ich mir den Weg durchs Gebüsch bahnte, um zu den Fremden zu gelangen, sah ich nur noch, wie sie durch die Sträucher davon sprangen. Und ich war mir sicher, dass es sich bei einem der beiden mit Sicherheit um den Frühmenschen handelte, den ich damals im Käfig auf dem Schloss gesehen hatte ...

Spätes Erbe

Es stand nicht gut um die Gesundheit der alten Königin Mathilde von Mehringsberg. Von Tag zu Tag fühlte sie sich schlechter und die Ärzte machten ihr wenig Hoffnung, dass es irgendwann wieder vorbei gehen würde. Deprimiert lag die Königin in ihrem tristen Krankenzimmer und verlor bittere Tränen. Denn sie hatte keinen Nachkommen, der das Schloss und das winzige Reich drum herum hätte erben können. Ihren einzigen Sohn, den sie vor vielen Jahren bekam, starb bei ihrer Geburt. Über dieser Trauer wäre sie beinahe zerbrochen. Doch das Reich musste regiert werden. Und so hielt sie sich aufrecht, auch wenn sie es beinahe nicht schaffte. Als die schwere Krankheit vor zwei Wochen begann, konnte sie es nicht glauben, dass nun alles so sang- und klanglos vorüber gehen sollte. Noch versuchte sie, nach einem Nachfolger für das kleine Reich Ausschau zu halten und bereiste benachbarte Fürstentümer. Aber es war umsonst. Weder fand sie einen männlichen Erben noch jemanden, der sich bereit erklärte, diese große Verantwortung zu übernehmen. Auch lag eine hohe Schuldenlast auf ihrem kleinen Reich, die natürlich keiner übernehmen wollte. So erkrankte die Königin schließlich schwer und sah sich bereits am Ende aller Hoffnungen. Zuvor allerdings wollte sie das Schloss verkaufen. Sie wollte sich aussuchen, wer würdig genug erschien, wenigstens dieses wunderschöne Schloss zu bewohnen. Zwar gab es dann keinen König mehr, doch das ehrwürdige alte Schloss käme wenigstens in gute, verantwortungsvolle Hände. Von ihrem Prokuristen ließ sie ein Inserat anfertigen, um dieses dann zu veröffentlichen. Die Leute des kleinen Dorfes wunderten sich sehr, dass ihre Königin zu dieser außergewöhnlichen Maßnahme griff. Sie kannten ihre Herrscherin nur als harte Kämpferin. Dass sie jemals ein Inserat aufgab, um das schöne Schloss zu verkaufen, verstanden sie nicht. Und doch konnten sie das nicht ändern. Keiner von ihnen besaß das nötige Geld, um selbst dieses Gemäuer zu erwerben. Dutzende Kaufinteressenten meldeten sich und die Königin begutachtete all diese edlen Leute sehr genau. Aber unter all den wirklich reichen Interessenten gab es keinen, welcher der Königin würdig genug erschien, um ihr Schloss zu kaufen. Lieber wollte sie das Gebäude und das kleine Reich dem benachbarten Fürstentum schenken. Aber soweit sollte es dann doch nicht kommen. Die Kunde von der schweren Krankheit der alten Königin Mathilde zog durch die ganze Welt. Sogar im fernen China erreichte die Nachricht vom Niedergang von Mathildes Reich die Menschen. Auch der dortige junge Fürst Hua Ling bekam Wind davon. Und da er sich sehr gern einen Landsitz in Europa leisten wollte, reiste er zur Königin. Die war mittlerweile derart schwach, dass sich der Fürst gedulden musste, bis er empfangen werden konnte. Endlich war soweit, er wurde vorgelassen. Die Königin lag geschwächt in ihrem Bett und konnte den fremden Fürsten kaum noch erkennen. Ihr Augenlicht ließ sie regelmäßig im Stich. Und so musste der Fürst sehr nahe an das Krankenbett der Königin treten, damit sie sehen konnte, wer da Interesse an ihrem Schlosse hatte. Als sie hörte, dass der Fürst auch das gesamte Reich übernehmen würde, staunte sie. Denn bisher gab es keinen Würdenträger, der Interesse an ihrem Reich zeigte. Immerhin lag auch eine gehörige Schuldenlast auf den Ländereien. Fürst Hua Ling aber schien das nicht zu stören. Er beugte sich zur Königin und lächelte sie an. Da geschah etwas sehr Merkwürdiges: die Königin stutzte - dieses Lächeln - sie kannte es von irgendwoher. Aber sie konnte sich beim besten Willen nicht erinnern, woher sie es kannte. Sie bat den Fürsten, noch einige Tage ihr Gast zu bleiben. Er willigte ein, bezog ein Zimmer, gleich neben dem Krankenzimmer der Königin. Jeden Tag besuchte er sie und die beiden unterhielten sich sehr lange. Dabei fragte sie den Fürsten, warum dieser gar nicht aussah wie ein Chinese. Der Fürst wunderte sich zwar, doch er berichtete er ihr, dass er einst mit seinen Eltern, einem Fürstenpaar aus Europa nach China reiste. Dort erkrankten sie jedoch und starben. Da war er noch ein kleiner Junge. Ein chinesischer Würdenträger zog ihn auf und vermachte ihm sein Fürstentum.

Die Königin hörte gespannt zu. Sie bat den Fürsten, ihr die Namen seiner verstorbenen Eltern zu nennen. Es handelte sich um das Fürstenpaar, derer von Austadler. Die Königin zuckte zusammen. Dieses Fürstenpaar kannte sie. Fürst von Austadler besaß einst ein benachbartes Reich. Als die Fürstenfamilie dann aus China nicht mehr zurückkehrte, zerfiel das Fürstentum. Mehr wusste sie nicht. Es war deswegen sehr schön für sie, dem Sohn dieser alten Fürstenfamilie ihr Schloss und ihr kleines Reich geben zu können. Sie bat den jungen Fürsten, ihren Namen „Mehringsberg" anzunehmen. Und der Fürst war einverstanden. Die beiden lernten sich immer besser kennen und die Königin war froh, dass der Fürst nun sogar noch ihren Namen weiter tragen wollte. Schließlich waren sich die beiden so vertraut, dass der Fürst die Königin ersuchte, ihn beim Vornamen anzureden. „Nennen Sie mich einfach Knut", sagte er leise zu ihr. Da begann die Königin plötzlich bitterlich zu weinen. Sie konnte sich gar nicht mehr beruhigen und der Fürst sah sich veranlasst, zu erklären, warum er nicht nur einen chinesischen Namen trug, Es war der Name, den er einst von seinen Eltern in Europa bekommen hatte. Die Königin aber lag in ihrem Krankenbett und weinte und weinte und weinte.

Dabei sagte sie immerfort die Worte: „Ich weiß es doch!", und der Fürst wunderte sich über ihr sonderbares Verhalten. Als ihn aber die Königin bat, sich noch einmal zu ihr zu beugen, richtete sie sich mit allerletzter Kraft auf und gab ihm einen sanften Kuss auf die Stirn. „Ach mein Sohn. Nun bist Du doch nicht gestorben. Ich habe es immer gewusst, dass Du noch lebst. Ich habe Dich einst Knut genannt. Doch dann sagte man mir, dass Du gestorben wärest. Man hat Dich mir einfach weggenommen. Aber nun sind wir wieder zusammen und bleiben es für immer und ewig." Ein allerletzter Atemzug, ein Aufatmen wohl durchzog da den Leib der Königin. Und in den Armen des jungen Fürsten starb sie ruhig und glücklich, ihren todgeglaubten Sohn wieder gefunden zu haben ...

Rote Lichter

Leonie Dunbar studierte an der legendären Oxford University in England. Sie wollte Physikerin werden und ihre Zukunftspläne schienen bereits fix und fertig. In ihrem Studentenwohnheim, wo sie ein winziges Zimmer bewohnte, fühlte sie sich eigentlich sehr wohl. Es war zwar nicht sonderlich gemütlich, dafür aber hatte sie aber einen alten Kühlschrank, eine Heizung und ein Bett. Mehr brauchte sie ja auch nicht. Und den Rest ihrer Zeit musste sie ohnehin mit Lernen verbringen. Nur eines störte sie sehr, die beiden rot leuchtenden Lampen an diesem alten Kühlschrank. Die konnte sie sogar noch von ihrem Bett aus sehen. Irgendwie flößten ihr die roten Lampen Angst ein. Doch es waren ja nur Kontrolllämpchen, die anzeigten, dass der Kühlschrank funktionierte und die Kühlung die richtige Temperatur hatte. Wie also konnte sie vor diesen Lämpchen Angst haben. An jenem denkwürdigen Freitagabend kehrte sie erst spät in ihr Zimmer zurück. Sie hatte sich etwas Leckeres zu essen besorgt und wollte es sich zubereiten. Es gab ausnahmsweise mal nicht Makkaroni mit Ketchup, sondern ein gebratenes saftiges Steak mit Nudeln. Es schmeckte einzigartig gut, nur fühlte sich Leonie ein wenig voll. Da sie sehr müde war, zog sie sich alsbald in ihr Bett zurück. Aber sie konnte einfach nicht einschlafen. Der Magen drückte und ihr wurde übel. So stand sie wieder auf und geisterte durch das Zimmer. Und immer wieder sah sie es: das Licht des Kühlschranks! Die beiden roten Lämpchen glühten wie die roten Augen des Teufels. Leonie wurde immer ängstlicher und zog sich schließlich wieder an, um das Wohnheim zu verlassen. Es war jedoch nicht ungefährlich, nachts über den Campus zu laufen. Schon einige junge Mädchen waren überfallen und übel zugerichtet worden. Dieses Schicksal wollte sie unter keinen Umständen erleiden. Auch war es recht kalt geworden, so dass sie fröstelnd durch das Universitätsgelände lief. Sie kam an dicht stehenden Bäumen vorbei und beäugte argwöhnisch die dahinter befindliche Wiese. Hatte sie da nicht eben ein verdächtiges Geräusch gehört? Nervös lief sie weiter, ihr Wohnheim war ja nicht weit, bei Tageslicht könnte sie schon das Fenster ihres Zimmers sehen. Immer schneller lief sie in Richtung Wohnheim. Doch auch das merkwürdige Geräusch am Wegesrand schien sie zu begleiten. Sie spürte, wie ihr die Angst die Beine zu lähmen versuchte. Ihr Herz schlug Purzelbäume und ihre Hände zitterten wie Espenlaub. Schnell vergrub sie die in ihrer Jackentasche. Plötzlich stolperte sie über einen spitzen Stein. Es tat sehr weh, und sie wollte sich mit den Händen an einem der Bäume festhalten. Dazu zog sie in Windeseile ihre Hände aus den Jackentaschen. Doch dabei fiel ihr unglücklicherweise der Schlüsselbund mit dem Wohnheimschlüssel aus der Tasche. Klirrend fiel er zu Boden. Sie bückte sich, um ihn zu suchen. Doch er schien wie vom Erdboden verschluckt. Als sie mit den Händen auf dem Weg herumtastete, um den Schlüssel doch noch zu finden, griff sie plötzlich an etwas Ledernes.

Zu Tode erschrocken sprang sie auf und starrte in das düstere Gesicht eines Mannes. Sie wollte davon rennen, aber wohin? Sie hatte ja nicht einmal den Schlüssel für ihr Wohnheim dabei. Der Fremde hielt etwas in seiner Hand. „Na, suchst Du das hier?", rief er mit dumpfer Stimme. Dabei klapperte er mit irgendetwas. Und entsetzt musste Leonie zur Kenntnis nehmen, dass es ihr verlorener Schlüsselbund war. Nun schien alles verloren. Der Fremde lachte unangenehm schrill und Leonie glaubte sich schon erwürgt am Wegesrand liegen. Sie flehte den Fremden an, ihr den Schlüssel zurück zu geben. Doch der ließ sich gar nicht auf Leonies Bitten ein. Er grinste nur und sagte dann: „Dafür will ich aber auch etwas haben, Schätzchen. Du bist so jung und so schön. Den Schlüssel kriegst Du nur zurück, wenn Du mir ein paar nette Minuten schenkst." Dabei begann er, seine Hose zu aufzuknöpfen.

Immer weiter näherte er sich der vollkommen erschrockenen Leonie. Die stand wie gelähmt inmitten des dunklen Weges und konnte nicht fassen, was ihr da widerfuhr. Und warum kam keiner vorbei? Manchmal waren so viele Leute um sie herum und nun? Alles schien verloren und sie spürte, wie ihr Mund langsam austrocknete. Die Angst hatte sie fest im Griff und ließ sie nicht mehr los!

Doch plötzlich geschah etwas, das Leonie wohl niemals mehr vergessen würde. Aus einem Fenster ihres Wohnheimes, von dem sie ahnte, dass es ihres war, fuhren zwei grell leuchtende, rote Lichtstrahlen auf den Weg herab. Sie formten sich zu zwei drohenden roten Augen, und zugleich ertönte ein grässliches Brummen und Fauchen. Es hörte sich an, als sei der Teufel erschienen. Zunächst wollte sich Leonie in Sicherheit bringen, wollte davon rennen. Aber dann sah sie, dass es die roten Augen nicht auf sie abgesehen hatten. Nein, es bäumte sie vor dem fremden Mann auf, schrie ihn an und drohte, ihn in sich verschlingen. Dabei blitzten sie derart heftig auf, dass der Fremde schreiend und mit offener Hose davon rannte. Gleichzeitig flog der Schlüsselbund durch die Luft und blieb vor Leonie liegen. Sie brauchte ihn nur noch aufzuheben. Als sie das getan hatte, zog sich das rote Licht zum Fenster des Wohnheims zurück. Leonie rannte wie von Hexen verfolgt ins Wohnheim und schloss sich in ihrem Zimmer ein. Dort wurde ihr klar, dass sie noch einmal mit heiler Haut davon gekommen war. Und sie wusste, dass sie ganz bestimmt nicht noch einmal bei Nacht und Nebel ganz allein über den Campus laufen würde. Sie nahm sich vor, eine Kampfsportart zu erlernen, damit sie sich im Falle eines Falles wehren konnte. Als sie sich auf ihr Bett setzte, um den Schreck zu verarbeiten, erblickte sie die beiden roten Lichter an ihrem Kühlschrank. Die blinkten auf einmal ganz seltsam vor sich hin und Leonie wusste plötzlich ziemlich genau, wer ihr da geholfen hatte …

Auf der Jagd

Der Förster Ludger Schleier war ein hoffnungsloser Waffennarr und ging überdies sehr gern zur Jagd.

Für jedes Tier, welches er bejagen wollte, besaß er eine andere Schrotflinte. Seine Trophäen schmückten bereits zahlreiche Wände in seiner Blockhütte am Bear-River. Zu seinen Jagdausflügen nahm er sehr oft einen befreundeten Jäger, Anselm Klinger mit. Denn da Ludger nicht immer so genau mit dem Wildbret Bescheid wusste und eigentlich vom Jagen recht wenig Ahnung hatte, brauchte er Anselm. Der kannte sich als Jäger sehr gut aus und verstand seinen Freund, ließ sich auf Ludgers albernes Gehabe ein. Er wusste, dass der noch eine ganz andere geheime Leidenschaft besaß: schöne Frauen. Aber er schwieg und hatte Ludgers Frau noch nie etwas davon erzählt. Immerhin hatte auch Anselm so manches Geheimnis, über welches er nur sehr ungern sprach. Sie verabredeten sich also wieder einmal zur Jagd. Diesmal wollten sie einen Grizzlybären, der laut Ludgers Angaben seit langer Zeit sein

Unwesen in dieser so malerischen und ruhigen Gegend trieb, bejagen. Sie wussten beide, dass es schwierig und auch sehr gefährlich werden könnte. Doch Ludger winkte wie immer ab. Er schien wohl noch etwas ganz anderes vor zuhaben, was er Anselm allerdings nicht sagte. Am verabredeten Morgen brachen sie schon sehr zeitig auf. Mit dem Geländewagen fuhren sie tief in das dichte Waldgebiet hinein. Ludger hatte sich einen Hut mit bunten Federn aufgesetzt und fühlte sich bereits als Meisterschütze. Irgendwie sah er aus wie ein bunter Papagei und Anselm schwante bereits nichts Gutes, als er ihn so sah. Sollte Ludger allen Ernstes einen Grizzlybären schießen wollen? Vor einer kleinen, windschiefen Holzhütte hielten sie an. Plötzlich zischte Ludger: „Ruhig! Da vorn, der Bär, ich muss ihn kriegen!"
Die beiden schlichen sich aus dem Wagen und Ludger rannte sofort los. Schnell war er zwischen den dicken Bäumen verschwunden und Anselm hatte große Mühe, ihn wieder zu finden. Umständlich legte Ludger seine Büchse an und schoss wie wild drauflos. Anselm hatte seine berechtigten Zweifel, dass Ludger überhaupt etwas vom Jagen verstand, geschweige, etwas treffen würde. Vielmehr ahnte er, dass Ludger seine lang-

weilige Dienstzeit als Förster mit diesem Hobby lediglich tarnen wollte. Mindestens sechs Mal ballerte Ludger auf den vermeintlichen Grizzly. Dann ließ er sich auf den feuchten Waldboden fallen und gab Anselm merkwürdige Handzeichen. Der sollte sich wohl ebenfalls auf dem schlammigen Waldboden herumsielen. Stöhnend hockte er sich neben Ludger und wartete erst einmal ab. Plötzlich deutete Ludger erneut in die Richtung, in welcher er den vermeintlichen Bären vermutete. „Los Anselm!", zischte er, „Pirsch Dich jetzt von hinten an den Bären heran. Vermutlich ist er nur angeschossen. Du musst ihn erschießen. Ich gebe Dir solange Deckung!"

Damit gab er Anselm einen leichten Schubs. Als der noch immer nicht los lief, rief Ludger genervt: „Na los! Worauf wartest Du noch? Bis der Bär weg gerannt ist?" Anselm nahm sein Gewehr und schlich sich in gebückter Haltung in Richtung des Bärs. Er hatte längst den Verdacht, dass ihn Ludger nur loswerden wollte, weil er etwas vorhatte.

Was verheimlichte ihm Ludger nur so vehement? Und obwohl Anselm die ganze Gegend absuchte, den rätselhaften Grizzlybären fand er nicht. Dafür entdeckte er irgendwann etwas Braunes im Gras.

War das etwa der Bär? Das konnte doch gar nicht sein! Das dort unten war doch viel zu klein. Vorsichtig näherte sich Anselm dem Tier und berührte es zaghaft mit der Gewehrspitze. Doch das, was da im Grase lag, war kein Bär, sondern ein toter Hase, der vermutlich schon vor Tagen verendet war. Offenbar hatte sich Ludger geirrt. Oder wollte er Anselm nur auf eine falsche Fährte locken? Um Ludger die traurige Nachricht zu überbringen, rannte Anselm zurück. Doch Ludger war verschwunden. In Anselm kroch nicht nur die Angst hoch, dass seinem Jagdgenossen irgendetwas geschehen war. Nein, es war die Wut, dass er mal wieder von Ludger hinters Licht geführt wurde. In der Zwischenzeit hatte es zu regnen begonnen. Durchnässt bis auf die Haut kehrte Anselm zur Hütte zurück. Gerade wollte er die wackelige Holztür aufreißen, da vernahm er ein seltsames Stöhnen.

„Ach Schatz" flüsterte eine Frauenstimme, „Endlich bist Du da. Hat Dein Freund das Märchen von dem Bären wieder einmal geglaubt? Das klappt ja wirklich wunderbar. So kommt wenigstens Deine Frau nicht hinter unser Geheimnis."

Anselm glaubte seinen Ohren, und später auch seinen Augen nicht mehr zu trauen.

Neugierig schaute er durch das halb geöffnete Fenster: auf einem Sofa lag Ludger, nur mit rosa Unterhosen bekleidet. Auf ihm hockte, oben ohne, eine junge blonde Schönheit. Immer wieder küsste sie Ludger und es kam zum Äußersten.

Vor lauter Schreck fiel Anselm das Gewehr herunter. Polternd schlug es gegen die Scheiben. Auch die Blondine erschrak und sprang von Ludger herunter, der sich hektisch seine Unterhose hochzog. Schuldbewusst schlich sich Anselm an die Tür. Mit einem Satz hopste die junge Frau an ihm vorüber und verschwand im Wald. Völlig neben sich erschien nun auch Ludger. Nervös zupfte er sich sein Hemd zurecht und starrte Anselm entsetzt an. „Hast Du irgendwas gesehen?", tuschelte er nervös. Anselm schaute verlegen zu seinem Freund und meinte dann, dass er natürlich nichts gesehen hätte. „Du bist ein richtiger Kerl, eben ein Freund!", rief Ludger und klopfte Anselm kumpelhaft auf den Rücken. Dann zog er sich seine restliche Kleidung über und beide liefen zum Wagen, um nach Hause zurück zu fahren. Am nächsten Tag rief Ludger schon recht früh am Morgen bei Anselm an. Er lud ihn zum Mittagessen bei sich daheim ein und bat Anselm inständig, nur ja nichts seiner Frau zu erzählen. Pünktlich zum Mittagessen traf Anselm schließlich ein. Ludgers Frau hatte gekocht - und welch Wunder - es gab Hasenbraten ...

Der Spuk

Janet Minors wollte sich eine Auszeit gönnen. Sie war eine sehr erfolgreiche Autorin und ihr letzter Roman „Tod um halb Drei" wurde ein Bestseller. Und nun, nach all der harten Arbeit wollte sie sich endlich für ein paar Monate zurückziehen. Lange musste sie nicht suchen, denn in den Hügeln bei Parkers Beach fühlte sie sich sofort wohl. Dieses einsam gelegene Hügelland an der Westküste hatte alles, was sie zum Ausspannen brauchte. Sie entdeckte eine idyllisch gelegene Hütte unter dichten Bäumen, von wo aus sie sogar den Ozean sehen konnte. Ja, hier wollte sie sich für die nächste Zeit niederlassen. Und in der Hoffnung, wieder zu sich selbst zu finden, hatte sie ihre Reistasche ins Auto gestellt und war einfach losgefahren. Die kleine Hütte auf dem Hügel bot ein wirklich malerisches Bild. Schon von außen lud es zum Verweilen ein. Alles sah so unglaublich friedlich aus. Sie warf ihre Reistasche hinter die Tür der Hütte und legte sich erst einmal auf das gemütliche Bett. Durch das offen stehende Fenster hörte sie das märchenhafte Rauschen des Ozeans. Sie kam ins Träumen und dachte darüber nach, sich vielleicht sogar zu binden. Bisher hatte sie keinen Mann finden können, denn sie schrieb ja immer nur. Und wenn sie mal nicht schrieb, dann sann sie nach neuen Themen, über welche sie schreiben könnte. Und selbst in der ruhigen Gegend von Parkers Beach drifteten ihre Gedanken schon wieder zu neuen Themengebieten, über welche sie sich in ihrem nächsten Buch auslassen konnte. Vielleicht sollte sie mal Tanzen gehen? Wer weiß, vielleicht würde sie dort einen Mann kennenlernen? Plötzlich durchbrach ein Schrei die Stille! Janet zuckte zusammen ... was war das?

Ein Tier? Ein Mensch? Oder spielten ihr die langsam zur Ruhe kommenden Nerven einen Streich?

Nervös schaute sie zum Fenster und sah die Bäume, die sich leicht und sanft hin und her bewegten. Dabei erzeugten sie ein leises Rascheln. Vielleicht hatte sie sich einfach nur verhört. Doch plötzlich ertönte erneut dieser furchterregende Schrei! Janet sprang aus dem Bett und schaute aus dem Fenster. Doch sie konnte beim besten Willen nichts Bedenkliches entdecken. Auch unten am Strand war kein Mensch zu sehen. Nachdenklich zog sie sich eine dünne Jacke über und ging hinaus. Von irgendwo musste dieser Schrei doch gekommen sein. Ihr ließ das alles einfach keine Ruhe. Sie konnte sich doch nicht so getäuscht haben. Oder etwa doch? Plötzlich sah sie etwas weiter unten jemanden zwischen den Bäumen liegen. Sie erschrak fürchterlich und wusste nicht so genau, was sie tun sollte. Panisch rannte sie hinunter und schaute immer wieder nach der Person, welche sie dort liegen sehen hatte.

Immer wieder stolperte sie über morsche Baumwurzeln und beinahe wäre sie sogar hingefallen. Doch als sie bei der Stelle eintraf, wo sie die unbekannte Person hatte liegen sehen war da niemand. Irritiert schaute sie sich nach allen Seiten um, aber sie konnte niemanden entdecken. „Das gibt's doch gar nicht!", rief sie laut. Sie war sich absolut sicher, eben jemanden an dieser Stelle gesehen zu haben. Was ging hier nur vor? Vielleicht war sie nur ein wenig zu schreckhaft oder einfach nur hungrig. Immerhin hatte sie seit Stunden nichts mehr gegessen. Langsam kletterte sie wieder zu ihrer Hütte hinauf und schloss sich dort ein. Irgendwie war ihr diese Sache nicht geheuer. Sie wusste, dass sie etwas gesehen hatte. Und es machte ihr Angst, dass die Person verschwunden war.

Spielte ihr am Ende jemand einen üblen Streich? Nur wer sollte das sein? Hier lebte doch kaum jemand. Sie holte ihr Schnitten-Päckchen aus einem Beutel. Dazu hatte sie sich daheim auch eine Thermoskanne heißen Kaffees mit in die Tasche gestellt. Sie aß eine Schnitte und trank den köstlichen heißen Kaffee. Doch so richtig schmeckte ihr das alles nicht. Immerzu musste sie an ihr seltsames Erlebnis denken. War sie am Ende selbst in Gefahr? Wollte ihr irgendjemand ein Zeichen geben? Sie stellte den Kaffee beiseite und packte die restlichen Schnitten wieder ein. Ihre Reisetasche packte sie vorsichtshalber noch nicht aus. Sie konnte das Gefühl nicht loswerden, womöglich sofort wieder aufzubrechen. Ein wenig nervös schaute sie zur Uhr. Es war bereits am späten Nachmittag. Draußen hatte es zu regnen begonnen. Dennoch ging sie hinaus. Sie konnte es sich nicht erklären, aber irgendeine Macht hatte von ihr Besitz ergriffen und sie in den Regen getrieben, um dieser gespenstischen Sache auf den Grund zu gehen.

Als sie langsam den kleinen Hügel hinunter kletterte, drang plötzlich erneut ein lauter Schrei an ihr Ohr. Diesmal aber zwang sie sich, nicht wegzulaufen. Sie blieb stehen und lauschte. Doch wieder blieb es still. Sie lief hinunter zum Strand und schaute zu ihrer Hütte auf dem Hügel. Da fiel ihr etwas Sonderbares auf. Unterhalb der Hütte schienen die Bäume gerodet worden zu sein. Das musste vermutlich schon vor vielen Jahren geschehen sein, denn diese einstmals kahlen Stellen waren mit einer dünnen Grasnarbe überwachsen. Trotzdem war der Unterschied zwischen den alten Wiesen und dem neu darüber gewachsenen Rasen deutlich erkennbar. Was konnte dort sein?

Und warum unterhalb ihrer Hütte? Als sie sich wieder abwandte, entdeckte sie erneut diese fremde Person. Es war eine junge Frau mit langen schwarzen Haaren.

Doch diesmal lag sie nicht zwischen Bäumen oder Steinen, nein, sie stand nicht weit von Janet entfernt im Wasser. Doch sie sah furchtbar entstellt aus. Blut lief ihr übers Gesicht und ihre Kleidung war zerrissen. Sie sah fast so aus, als hätte sie mit jemandem gekämpft. Die Fremde starrte regungslos zu Janet. Was hatte das zu bedeuten? Janet konnte sich keinen Reim darauf machen. Sie rannte zu der fremden Frau, wollte mit ihr sprechen. Unterwegs allerdings stürzte sie und fiel der Länge nach in den Sand. Doch als sie wieder aufstand und weiter rennen wollte, sah sie die Fremde nicht mehr. Das konnte doch gar nicht möglich sein? So langsam zweifelte sie an ihrem Verstand. Am Ende hatte sie wohl doch einen seelischen Schaden erlitten- vielleicht hatte sie einfach zu viel gearbeitet. Nachdenklich ging sie zu ihrer Hütte zurück. Bis es dunkel wurde dachte sie über das Erlebte nach. Sie sah diese blutende junge Frau, hörte diese entsetzlichen Schreie und fürchtete sich plötzlich sehr.

Es wurde Nacht und sie ging hinaus, um die Fensterläden der Hütte zu schließen. So dunkel wie es vor der Hütte war, wurde es bei ihr daheim in Denver nicht. Irgendwie sah man da immer noch etwas, auch, wenn man weit draußen unterwegs war. Aber in dieser Einöde? Sie wollte so schnell wie möglich wieder in die halbwegs sichere Hütte und beeilte sich, die Läden zu zuklappen. Als sie so in die Dunkelheit starrte, sah sie plötzlich zwei stechend rote Lichter. Dabei pfiff ein eiskalter Wind aus Richtung des Strandes zu ihr herüber. Ein eisiger Schauer rann ihr den Rücken hinunter. Die beiden roten Lichter sahen aus wie die Augen des Teufels. Und Janet spürte, dass diese eisige Luft der kalte Hauch des Todes sei musste. Immerhin hatte sie ja auch diese mysteriöse grausam entstellte junge Frau gesehen und

diese furchtbaren Schreie gehört. Mit zitternden Händen öffnete sie die Tür der Hütte und sprang hinein. Schnell knallte sie die Tür zu und verschloss sie hinter sich. Dann verriegelte sie die Fensterläden von innen. Sie wollte sicher gehen, dass auch wirklich keiner zu ihr hinein kommen konnte. Als sie an der Tür stehenblieb, um zu lauschen, ob sich jemand davor aufhielt, vernahm sie ein Atmen. Es war derart Angst einflößend, dass sie sich ihr Handy holte, um die Polizei zu rufen. Doch es musste ihr entgangen sein, dass es hier oben auf dem Hügel zwischen all den vielen dichten Bäumen keinerlei Empfang gab. Ärgerlich warf sie das Handy auf das Bett. Sie glaubte sich längst verloren und dem Teufel ausgeliefert, da klopfte es an der Tür. Voller Angst zuckte sie zusammen. Jetzt war es wohl soweit - der Teufel kam, um sie zu holen! Sie schlich sich zur Tür und wartete einige Zeit ab. Da klopfte es erneut. Sollte sie fragen, wer davor stand? Aber was wäre, wenn sie keine Antwort erhielt? Dann wüsste der Teufel, dass sie in der Hütte war. Trotzdem, sie musste etwas tun, sie wollte fragen. Leise sprach sie: „Wer ist da?"
Eine raue Männerstimme antwortete: „Kommissar Craven, machen Sie mal bitte auf, ich muss Ihnen einige Fragen stellen!"

Zwar hörte sich die Stimme des Kommissars recht forsch und glaubhaft an, doch warum kam er noch so spät am Abend zu ihr? Und warum kam er überhaupt? War irgendetwas passiert oder war es nur eine Falle? Eigentlich wollte sie nicht öffnen, doch sie musste es tun. Nur so könnte sie Gewissheit erlangen, ob es wirklich der Kommissar war. Zögernd schloss sie auf und öffnete die Tür. Entsetzt sprang sie einen Schritt zurück und glaubte für eine Sekunde, die hässliche Fratze der blutenden jungen Frau vor sich zu sehen. Doch diesmal hatten ihr die Nerven tatsächlich einen bösen Streich gespielt. Denn vor der Tür stand nur ein Polizist. Er stellte sich vor: „Kommissar Craven! Sind Sie Mrs. Minors?" Janet nickte und erkundigte sich sofort, was geschehen war. Der Kommissar bat, hereinkommen zu dürfen. Nur so könnte er ihr alles berichten. Und Janet, der es sichtlich peinlich war, dem Kommissar dies nicht schon längst angeboten zu haben, bat ihn in die Hütte. Der Kommissar winkte ab und meinte dann, dass er Janets Aufregung verstehen könnte. Doch man habe abends eine Tote am Strand gefunden. Es handelte sich hierbei um eine lang gesuchte junge Frau aus der Gegend. Er fragte Janet, ob sie vielleicht etwas darüber wüsste. Janet glaubte schon, der Schlag habe sie getroffen und erzählte dem Kommissar, was sie gesehen hatte. Sie erzählte ihm von den Schreien und der blutüberströmten jungen Frau am Strand. Doch das war ja alles bereits am Nachmittag. Die junge Frau hatte sie nirgends mehr finden können. Wieso war sie am Abend dann am Strand tot aufgefunden worden? Und vor allem, von wem? Janet wusste nicht, wie sie das deuten sollte. Sie konnte es weder verstehen noch konnte sie dem Kommissar etwas Genaues mitteilen. Immerhin war sie erst am Mittag in Parkers Beach eingetroffen. Der Kommissar warf ihr einen seltsamen Blick zu und meinte dann mit ernster Mine, dass sie sich sofort melden sollte, wenn ihr irgendetwas Verdächtiges auffiele. Janet versprach es und war heilfroh, dass der Kommissar endlich wieder ging. Irgendetwas Merkwürdiges lag in seinem Blick. Es war schon ganz gut, dass er wieder fort war. Dennoch machte ihr diese Einsamkeit Angst. So allein fühlte sie sich diesen finsteren Mächten, die es hier allem Anschein nach geben musste, ausgeliefert. Ihr Herz schlug ihr bis zum Hals und sie packte ihre Reisetasche noch immer nicht aus.

Im Gegenteil, die packte die Schnitten und die Thermoskanne mit dem restlichen Kaffee wieder ein und stellte die Tasche neben die Tür. Sie wollte sichergehen, schnell nach ihr greifen zu können, im Falle, sie musste fliehen. Die schlimmen Erlebnisse hatten sie müde werden lassen. Sie legte sich auf das Bett und wollte ein wenig schlafen. Doch sie brachte kein Auge zu. Immer wieder starrte sie hinüber zur Tür. Was waren das für rote Lichter? Und wer war diese unbekannte junge Frau? Und warum hatte man sie ganz plötzlich tot am Strand gefunden, wo sie doch wenige Stunden zuvor noch unten am Strand entlanggelaufen war. Sie fand einfach keine Antwort auf diese Fragen. Und dann dieser seltsame Kommissar, der machte solch einen komischen Eindruck. War er wirklich ein Polizist? Aber er trug ja eine glaubhafte Uniform, warum also sollte er gelogen haben? Das machte doch alles keinen Sinn! Sie stand auf und wollte brauchte Sauerstoff. Doch wenn sie jetzt die Tür öffnete, konnte sie sich nicht sicher sein, ob nicht doch ein Fremder, ein Geist oder sogar der Leibhaftige zu ihr kam. Und wer weiß, was ihr dann geschah! Nein, sie konnte nicht dort hinaus. Es ging einfach nicht. Als sie sich ins Bett zurücklegen wollte, erschrak sie fürchterlich, denn vor ihrem Bett stand die schwarzhaarige junge Frau! Nur blutete sie diesmal nicht.

Janet wollte aus der Hütte rennen und um Hilfe schreien, da sprach die junge Frau und ihre Stimme hörte sich so traurig und so normal an: „Warte! Du darfst jetzt nicht gehen. Ich kann nur noch dieses eine Mal kommen. Fahre noch heute Nacht ab. Du musst die Polizei holen. Der Kommissar hat mich umgebracht. Er ist kein Kommissar, er ist der Teufel! Und nun flieh, solang es noch Zeit ist!" Die junge Frau verschwand und Janet stand wie gelähmt vor dem Bett. Ihr schien der Atem zu stocken und sie rang nach Luft. Sollte sie dieser Frau wirklich Glauben schenken? Offenbar war sie ein Geist. Und es schien, als ob alles das, was der vermeintliche Kommissar gesagt hatte, gelogen war. Nie im Leben hatte man eine Tote am Strand gefunden. Wer weiß, wo er die Tote versteckt hatte. Vermutlich hatte er Janet beobachtet, wie sie am Strand entlang lief. Und er sah den Geist, wie er Janet immer wieder erschien. Natürlich konnte ihm das nicht recht sein. Er wollte irgendetwas verschleiern. Da erschien er bei Janet, um sie einzuschüchtern. Und er schien auch Erfolg damit zu haben. Janet war zu Tode erschrocken. Sie konnte auch nicht mehr klar denken. In ihr kreiste nur ein einziger Gedanke: nur fort von diesem entsetzlichen Ort!

Sie warf sich ihre Jacke über und schaute, ob sie auch alles eingepackt hatte.

Dann griff sie mit der einen Hand nach ihrer Reistasche und mit der anderen nach einem Messer, das auf der kleinen Küchentheke lag. Vorsichtig schloss sie die Tür auf und rannte zum Wagen. Sie warf die Tasche auf die Rückbank und fuhr so schnell sie konnte davon. Hinter sich glaubte sie, die roten Augen zu sehen. Doch sie verfolgten sie nicht. Nach einigen Minuten bog sie auf den Highway und fühlte sich wieder halbwegs sicher. Hier fuhren wieder etliche Fahrzeuge und die nächste Stadt war nicht mehr weit. Dort fuhr sie vom Highway ab und begab sich sofort zur nächsten Polizeistation.

Die Beamten dort wunderten sich über die vollkommen aufgewühlte Besucherin. Janet musste sich erst einmal setzen. Sie konnte einfach nicht mehr und noch immer bebte sie am ganzen Leibe. Nur mit Mühe konnte sie von ihren gruseligen Erlebnissen berichten. Die Beamten hörten sich alles an und meinten, dass es einen Kommissar Craven gar nicht gab. Im Gegenteil, man suchte seit langer Zeit nach einem Mörder, der schon zwei Frauen in der Gegend getötet hatte. Jedes mal war er als Kommissar verkleidet aufgetaucht. Doch er hatte stets Glück. Denn er schüchterte seine Opfer erst ein, bevor er schließlich zuschlug. Er gab vor, als Kommissar dringend in die Häuser der Frauen zu wollen, damit er sie etwas Wichtiges fragen könnte. Doch in Wahrheit wollte er sich nur versichern, dass die Frauen allein lebten und auch genügend Geld besaßen, welches er ihnen schließlich stehlen konnte. Allerdings raubte er ihnen nach seinen verwerflichen Morden auch die Einrichtung und diverse Schmuckstücke. Janet traute ihren Ohren nicht. Schlagartig wurde ihr klar, dass sie beinahe selbst ein solches Opfer geworden wäre. Noch am gleichen Abend konnte der falsche Kommissar festgenommen werden, denn er war tatsächlich noch einmal zu Janets Hütte zurückgekehrt, weil er annahm, sie sei noch dort. Dass ihr aber unterdessen diese fremde junge Frau erschienen war, konnte er nicht einmal ahnen. Man fand auch, wo er das geraubte Gut aus den Häusern der Frauen versteckte. Es befand sich in einer Höhle unterhalb von Janets Hütte. Sie hatte sich also nicht geirrt, als sie bemerkte, dass die Wiese unterhalb der Hütte noch relativ unberührt erschien. Dort hatte der Mörder die Höhle gegraben und dann Gras darauf gesät, damit man diese Höhle nicht fand. Durch eine von Gras überwachsene

Klappe gelangte er in diese geheime Höhle. Janet war erleichtert, dass sie den wirklichen Polizisten so entscheidend weiter helfen konnte. Dennoch wusste sie noch immer nicht, wer diese fremde junge Frau war, die ihr immer wieder erschien. Als sie einige Plakate an der Wand des Polizeipräsidiums entdeckte, fand sie auch die Antwort auf ihre Frage. Dort hingen die Fotos von vermissten oder bereits tot aufgefundenen Personen.

Auch die junge Frau mit den langen schwarzen Haaren war darunter. Sie wurde einst tot am Strand gefunden. Der falsche Kommissar hatte sie damals umgebracht, doch man hatte ihn nie finden können. Noch in der gleichen Nacht fuhr Janet nach Hause. Sie konnte nicht wissen, dass es noch immer eine Sache gab, die nicht aufgeklärt wurde. Zwar hatte man den Mörder endlich fassen können, der in Parkers Beach sein Unwesen trieb. Doch woher diese seltsamen roten Lichter kamen, wusste sie noch immer nicht. Vielleicht hatte sie sich das in Anbetracht all dieser schrecklichen Erlebnisse nur eingebildet. Denn es gab ja weder einen Teufel noch dessen Augen. Und als sie so auf dem Highway in Richtung Denver düste, bemerkte sie im Rückspiegel zwei rote Lichter, die sie zu verfolgen schienen. Der Highway führte schließlich an einer Kirche vorbei. Als sie die Kirche passierte, flammten die roten Lichter hell auf und verschwanden. Sie kehrten nie mehr zurück, und Janet setze sich daheim an ihren Laptop und tat das, was sie eigentlich immer tat: sie schrieb ihren nächsten Roman.

Er wurde wie all ihre vorherigen Romane ebenfalls wieder ein Bestseller. Er hieß:

„Der Spuk von Parkers Beach"

Schwarzer Schleier

Ich kannte Pierre schon seit meiner Jugendzeit. Zusammen hatten wir so manche Weinflasche geleert und auch sonst sehr viel miteinander erlebt. Damals schwärmten wir von ausländischen Filmschauspielrinnen und Pierre vergötterte die französische Schauspielerin Simone Signoret, deren Filme er alle kannte. Er hatte dutzende Fotos von ihr an den Wänden seines Zimmers und zu gern hätte er sie einmal selbst kennen gelernt. Allein der eiserne Vorhang verhinderte das. Nach der Wende heiratete Pierre eine dunkelhaarige Französin und zu ihr nach Frankreich. Es war ein Brief, der mich wieder an ihn erinnerte. Er lebte in einem kleinen Dorf bei Lyon. Der Brief, der mich erreichte, hatte seine Frau an mich geschrieben. Er musste wohl sehr viel von mir gesprochen haben, dass er sich veranlasst fühlte, mir zu schreiben. Doch nicht Pierre hatte den Brief geschrieben sondern seine Frau Adrienne. Natürlich wunderte ich mich und wollte auch darauf antworten, aber ich bemerkte am Schreibstil, dass mit Pierre irgendetwas nicht stimmen konnte. So recherchierte ich nach seiner Telefonnummer und fand diese auch heraus. Ich rief dort an und seine Frau Adrienne teilte mir mit, dass Pierre im Krankenhaus liege. Er litt angeblich an einer schweren Lungenentzündung, was mich nicht sonderlich wunderte. Schon in unserer Jugendzeit hatte Pierre geraucht wie ein Schlot. Oft hatte ich ihm gesagt, dass dies mal böse Folgen haben würde. Ich zeigte ihm damals sogar ein Foto in einer Zeitung, auf welchem ein makabres Bild einer verkrebsten Lunge abgebildet war. Pierre jedoch interessierte das nie. Er zündete sich die nächste Zigarette an und meinte kurz: „Willst Du auch eine?" Ich gab es dann auf, ihn noch zu bekehren. Es hatte eh keinen Sinn. Adrienne meinte, dass die Lungenentzündung angeblich nichts mit seiner Raucherei zu tun haben sollte. Er hätte eine Grippe gehabt, die wohl nicht richtig angeheilt war. Nun ja, ich wollte mir selbst ein Bild von Pierres Zustand machen und fuhr kurzerhand zu ihm hinaus.

Es dauerte, bis ich den winzigen Ort, in dem er lebte gefunden hatte. Adrienne und er bewohnten ein kleines Bauernhaus. Doch es sah schon recht erbärmlich und heruntergekommen aus. Und ich erinnerte mich daran, dass Pierre nie sehr viel Wert auf Äußerlichkeiten legte. Vielleicht profitierte ich von dieser Eigenschaft. Denn so sah er über manche Dummheit, die ich so anstellte, großzügig hinweg. Er war eben ein richtiger Freund. Adrienne öffnete mir und ich sah, dass ihr diese ganze Sache doch sehr nahe ging. Sie hatte tiefe Falten im Gesicht, die ganz sicher nicht vom Alter gekommen waren.

Dennoch rang sie sich ein Lächeln ab. Sie wollte gerade ins Krankenhaus zu Pierre. Ich bot ihr an, sie mit meinem Wagen mitzunehmen. Sie willigte ein und zog sich schnell etwas über. Dann fuhren wir los. Im Krankenhaus standen wir zunächst vor einem leeren Bett. Zwar musste das Zimmer das richtige sein, doch Pierre war nicht mehr dort. Adrienne befürchtete bereits das Schlimmste, doch ich beruhigte sie. Ich fragte einen Krankenpfleger nach Pierre. Der teilte mir mit, dass Pierre verlegt worden sei. Er schickte uns in ein Zimmer gleich neben der Intensivstation. Für Adrienne war das ein sicheres Zeichen, das es sehr ernst um ihren Mann stehen musste. Als wir das Zimmer betraten, konnte ich nicht fassen, in welch schlimmen Zustand sich Pierre befand. Ich machte mir Vorwürfe, nicht schon eher mal nach ihm gefragt zu haben. Doch die Zeit und die Arbeit hatten mich zu tief in mein

eigenes Leben eintauchen lassen und so vergaß auch ich so langsam alles um mich herum. Pierre lag in seinem Bett und ich hätte ihn beinahe nicht wiedererkannt, so zusammengefallen erschien er mir. Adrienne umarmte ihn, doch Pierre schien das gar nicht so recht mitzubekommen. Auch mich nahm er kaum zur Kenntnis. Ich begrüßte ihn, doch er regierte nicht. Mir kamen die Tränen, als ich sah, wie vergeblich sich Adrienne um ihn bemühte. Die arme Frau erschien mir so hilflos und überfordert, dass ich ihr eigentlich helfen wollte, dieses schwere Schicksal durchzustehen. Doch ich wollte vor Pierre nicht den starken Mann markieren. Zu schnell könnte er sich aufgeben, sollte er das alles doch noch bewusst verfolgen können. Als er schließlich einen schweren Hustenanfall bekam, rief Adrienne sofort den Arzt. Auf dem Flur vor Pierres Krankenzimmer sprach ich mit Adrienne.
Doch sie war derart aufgelöst, dass sie kaum ein Wort hervor brachte. Mir tat das alles so unendlich leid, dass ich mir selbst Vorwürfe machte, nichts für die beiden armen Seelen tun zu können. Adrienne meinte aber nur, dass ich ihr nicht helfen könnte. Irgendwann konnte sie nicht mehr und wollte nur noch weg. Wir verabschiedeten uns von Pierre,

der bemitleidenswert in seinem Bett lag. Dann gingen wir in die Stadt. Ich drängte Adrienne, sich mit mir in eines der zahlreichen Straßencafés zu setzen. Ich wollte sie auf andere Gedanken bringen. Und es gelang auch. Doch dann sah ich diese rätselhafte Frau. Sie stand zwischen den Stühlen des Café und war in schwarze Schleier gehüllt. Ich konnte ihr Gesicht nicht erkennen, weil auch das von einem schwarzen Schleier verhüllt wurde. Zunächst konnte ich mir nicht vorstellen, dass diese seltsame Frau wegen uns dort stand. Doch als sie näher kam, ahnte ich, dass es irgendeinen Zusammenhang zwischen ihr und Pierre geben musste. Ich konnte aber nicht ahnen, welcher das sein könnte. Ich fragte Adrienne, ob sie diese Frau kannte. Doch als die sich nach ihr umdrehte, war sie verschwunden. Mir erschien das mehr als merkwürdig. Was hatte das alles zu bedeuten? War das vielleicht ein erster Hinweis auf Pierres baldiges Ableben? Oder hatte ihr Erscheinen einen völlig anderen Grund? Ich zahlte und dann wollte Adrienne nach Hause fahren. Ich brachte sie zu sich nach Hause und wollte noch einmal in die Stadt zurückkehren. Diese rätselhafte schwarz gekleidete Frau hatte meine Neugierde geweckt. So fuhr ich noch einmal zu

Pierre ins Krankenhaus. Der lag noch immer teilnahmslos in seinem Bett. Und da war sie wieder, diese sonderbare Frau. In ihren schwarzen Kleidern stand sie neben Pierres Bett und starrte immerfort in meine Richtung. Ihr Schleier vorm Gesicht war ein wenig verrutscht, doch ich konnte sie noch immer nicht erkennen. Nur die Tränen, die ihr über die Wangen liefen, sah ich. Dutzende Fragen schossen mir durch den Kopf. Ob sie eine schöne Frau war? Ob Pierre sie kannte? Die fremde Frau bewegte plötzlich ihren Arm und zog ein schwarzes Spitzentaschentuch aus ihrem langen Kleid. Dann legte sie es auf Pierres Stirn und verschwand. Dieses Verhalten fand ich erst recht sehr seltsam. Ich wollte das Tuch von Pierres Stirn nehmen, doch als ich es herunter nahm, entglitt es mir und segelte wie von Geisterhand gesteuert zurück. Wie ein Leichentuch lag es auf Pierres Stirn und ich war ratlos. Ich konnte mir keinen Reim auf all das machen.
Sollte ich eine Schwester holen? Oder einen Arzt? Aber warum, es war ja nichts passiert. Nachdenklich wollte ich das Krankenzimmer verlassen, da erschien erneut diese Fremde Frau. Diesmal beugte sie sich zu Pierre und streichelte ihm über die Stirn. Und wieder legte sie ein schwarzes Taschentuch darüber,

bevor sie verschwand. Und wieder ließ es sich nicht von Pierres Stirn herunternehmen. Es flog immer wieder dorthin zurück, sobald ich es von dort nahm. Mir wurde diese Sache zu bunt, ich drückte den Knopf, um eine Schwester zu rufen.

Doch der schien nicht zu funktionieren, denn eine Schwester kam nicht. Was ging hier nur vor? Da schoss es mir plötzlich durch den Sinn: vielleicht wollte mir diese seltsame Frau ein Zeichen geben? Es musste mit Pierres Gesundheitszustand zu tun haben. Lag Pierre nicht wegen einer angeblich schweren Lungenentzündung in der Klinik? Was, wenn es gar keine Lungenentzündung war? Vielleicht war sie längst abgeklungen oder nicht mehr gar so schlimm? Litt Pierre etwa an etwas anderem? Hatte dieses Leiden vielleicht etwas mit Pierres Stirn zu tun, mit seinem Kopf vielleicht? Schlagartig dachte ich an einen Hirntumor. Die schwarz gekleidete Frau erschien erneut und starrte in meine Richtung. Dann bemerkte ich, wie sie auf Pierres Stirn deutete und dabei mit ihrem Kopf nickte. Offenbar lag ich richtig mit meiner Vermutung. Ich rief einen Arzt und sprach mit ihm. Der ließ sich zunächst nicht beschwichtigen. Doch als ich es dringend und notwendig machte, vorgab, dass Adrienne sehr gern ein CT von Pierres Kopf anfertigen lassen würde, willigte er ein, ein solches CT durchzuführen. Noch am selben Tag wurde Pierres Kopf untersucht und es stellte sich tatsächlich heraus, dass Pierre an einem Hirntumor litt. Er war schon sehr weit fortgeschritten aber glücklicherweise noch immer operabel. Er wurde entfernt und es grenzte an ein Wunder. Nach der schwierigen OP besserte sich Pierres Zustand merklich. Er erkannte Adrienne wieder und auch mich und war erstaunt, dass ich zu ihm gekommen war.

„Gute Freunde lässt man eben nicht im Stich!", sagte ich zu ihm und wir freuten uns beide, dass wir uns wieder getroffen hatten. Nur war der Anlass eben nicht so schön, aber was machte das schon aus. Ich war froh, ihm geholfen zu haben und Adrienne konnte ihr Glück kaum in Worte fassen. Sie weinte andauernd und Pierre hatte große Mühe, sie wieder zu beruhigen. Nach einer Woche konnte Pierre erst einmal nach Hause entlassen werden und ich erzählte ihm von der seltsamen, schwarz gekleideten Frau, die mich auf diesen Gedanken mit seinem Kopf gebracht hatte. Pierre schaute mich ungläubig an. Er glaubte mir wohl nicht und ich konnte ihn gut verstehen. Er nahm wohl an, dass ich den wahren Grund, der mich zu diesem Handeln veranlasste, verschweigen wollte. Doch kurz vor meiner Abreise geschah etwas, dass Pierre von meinen Aussagen überzeugte. Als wir am letzten Abend noch zusammen saßen und uns über so manche Dinge aus unserer Jugendzeit unterhielten, erschien plötzlich die schwarz gekleidete Frau. Sie schwebte vorm Fenster und rührte sich nicht. Pierre erschrak sich derart, dass er sich die Augen rieb, weil er es nicht glauben konnte. Und Adrienne fiel beinahe in Ohnmacht. Doch ich rettete die Situation indem ich meinte, dass das diese rätselhafte Frau sei, die mir diese Hinweise gab. Diesmal jedoch hob sie ihren Schleier vorm Gesicht und ich konnte nicht fassen, wen ich da erblickte. Es war die von Pierre einst so verehrte französische Filmschauspielerin Simone Signoret, die 1985 an einem Krebsleiden verstarb …

Schwarzer Vogel

D ie Reise war angenehm und das Wetter wunderbar. Ich fühlte mich herrlich. Und ich bereute es nicht, diesen langen Weg ins Gebirge auf mich genommen zu haben. Nach den anstrengenden Tagen, den unendlichen Schreibarbeiten für den Verlag, brauchte ich wirklich dringend eine Erholung. Und dort oben in den Bergen gab es wirklich nichts, was mich an die arbeitsamen Tage daheim erinnerte. Und obwohl ich eigentlich an Höhenangst litt, verkraftete ich diese hohen Berge außergewöhnlich gut. Ich kannte mich selbst nicht mehr. Als ich auf dem Gipfel der höchsten Erhebung des Gebirges stand, bemerkte ich plötzlich einen großen schwarzen Vogel, der auf mich zuflog. Er sah aus wie ein Adler, war aber keiner. Ich hatte solch ein Tier noch nie zuvor gesehen. Immer wieder kam er zu mir und schwirrte aufgeregt um meinen Kopf. Mir war das überhaupt nicht recht, vielmehr spürte ich etwas, dass ich auf diesem Berg eigentlich glaubte, verloren zu haben: Angst! Sie kroch an meinen Beinen hoch und ich konnte mir nicht erklären, warum sie so plötzlich von mir Besitz ergriff. Ob es dieser rätselhafte schwarze Vogel war? Ich erkundigte mich bei einer vorbeilaufenden älteren Dame, ob sie wüsste, was das für ein Vogel sei. Doch die Dame schaute mich nur groß an und schien den Vogel nicht bemerkt zu haben. Mir kam das sehr merkwürdig vor, denn dieser Vogel war groß genug. Sie hätte ihn eigentlich sehen müssen. Doch sie verzog ihr Gesicht, als hätte ich sie veralbert. Ich starrte nach unten ins Tal. Aber durch die recht dichte Wolkendecke konnte ich nichts erkennen. Ein leichtes Lüftchen wehte, doch es gab keinerlei begründeten Verdacht, dass irgendetwas nicht stimmen könnte. Und weil der schwarze Vogel plötzlich wie vom Erdboden verschluckt war, schritt ich zur Station der Seilbahn und wollte ins Tal hinunter fahren. Gerade wollte ich in die Gondel der Bahn steigen, da tauchte urplötzlich dieser Vogel vor mir auf und zog mir meine Wollmütze vom Kopf. Glücklicherweise war ich der einzige, der in diesem Moment ins Tal fahren wollte. So behinderte ich niemanden, als ich wild um mich schlug. Ich wollte den Vogel davon scheuchen. Doch der hatte ja meine Mütze. Ich ließ die Bahn und rannte dem Vogel hinterher. Der saß auf einem der wenigen Tannen und krächzte müde zu mir herab. Meine Mütze aber ließ er nicht fallen. Es half nichts, ich musste warten, bis er sie doch noch fallen ließ, und das konnte Stunden dauern. Immer wieder sprang ich in die Luft, versuchte den Vogel zu erschrecken. Doch der ließ sich überhaupt nicht stören. Ich lehnte mich an den Baum und wartete. In der Zwischenzeit zog eine dicke Wolkendecke um den Berg. Ich schien allein auf dem Berg zu sein. Ich konnte jedenfalls niemanden mehr sehen. Und eine Seilbahn schien auch nicht mehr zu fahren. Zumindest kam keine und zu allem Ärger begann es zu dämmern. Irgendwann vernahm ich ein dumpfes Rumpeln. Später erkannte ich, woher das Geräusch kam: es war ein Hubschrauber. Er landete ganz in meiner Nähe. Zwei Männer sprangen heraus und kamen auf mich zu gerannt. Schon von weitem riefen sie laut: „Hallo, wie geht es Ihnen? Sind Sie mit der Seilbahn gekommen?"

Ich lief ihnen entgegen und teilte ihnen mit, dass ich die ganze Zeit auf dem Berg war. Und erst jetzt ahnte ich, dass irgendetwas passiert sein musste. Einer der Männer stand atemlos neben mir und sagte: „Es hat ein Seilbahnunglück gegeben. Ein plötzlicher Sturm unten am Berg hat drei Gondeln aus den Seilen gerissen. Es gab mehrere Tote."

Ich konnte nicht fassen, was ich da hörte. Beinahe wäre ich ja selbst mit einer der Gondeln hinuntergefahren. Wäre dieser alberne Vogel dort oben auf dem Baum ... verwirrt starrte ich ins Geäst des Baumes. Von dem schwarzen Vogel fehlte jede Spur und nur meine Mütze lag auf dem Boden darunter. Ich verstand nun gar nichts mehr. Wo war dieser aufdringliche Vogel geblieben? Er hatte mir das Leben gerettet und ich müsste ihm eigentlich dankbar sein. Doch als ich den beiden Männern davon erzählte, schauten die mich nur ungläubig an. Einen schwarzen Vogel von dieser Größe schienen die wohl noch nie gesehen zu haben. Sie baten mich, mit ihnen im Hubschrauber ins Tal zu fliegen. Ich stieg in den Hubschrauber und langsam erhob sich das Fluggerät in die Luft. Als wir durch die dichte Wolkendecke hindurch geflogen waren, empfing uns der noch immer strömende Regen. Glücklicherweise kamen wir schnell zur Talstation. Dort stiegen wir aus und mir fielen sofort die vielen Rettungs- und Polizeiwagen auf. Überall standen Tragen herum und aus allen Richtungen vernahm ich Weinen und Stöhnen. Es war ein wirklich furchtbares Bild, welches sich mir dort bot. Ich konnte nichts tun, lief schließlich zu meinem Wagen, der nicht weit entfernt auf einem Parkplatz stand. Als ich im Fahrzeug saß, bemerkte ich wieder diesen schwarzen Vogel. Geheimnisvoll und wie der Geist aus einer anderen Welt schwebte er durch den Regen an meinem Fahrzeug vorbei und schien sich wohl überzeugen zu wollen, dass ich sicher ins Tal gekommen war. Als ich losfuhr, um nach Hause zu fahren, verschwand der Vogel. Auch das Unwetter verzog sich, und die gesamte lange Strecke bis nach Hause hatte ich keinerlei Probleme mehr …

Die Leiche

Pat Brown war seit vielen Jahren Gerichtsmediziner in Boston. Ab und zu dachte über seinen Ruhestand nach, denn er wollte sich mehr um seine Familie kümmern. Aber trotzdem er sich immer wieder vornahm, seinen Chef um ein Gespräch zu bitten, tat er es nicht. Doch dann hatte er ein Erlebnis, welches ihn schließlich doch dazu brachte, nicht mehr ganz so viel zu tun. In einem der Kühlfächer seiner gerichtsmedizinischen Abteilung lag ein jüngerer Mann, von dem es hieß, er sei bei einem Raub erschossen worden zu sein. Pat hatte ihn schon begutachtet, wollte allerdings erst am darauf folgenden Tag spezifische Untersuchungen durchführen. So erledigte er an jenem Abend noch den erforderlichen Schriftkram, bevor er sich seine Jacke überzog, um nach Hause zu fahren. Als er schließlich seltsame Geräusche vernahm, wurde er stutzig. Er hatte allerdings schon so einige merkwürdige Dinge erlebt, sodass er sich nicht sonderlich wunderte und auch keinen Schreck mehr bekam. Dennoch hörten sich die Geräusche an diesem Abend irgendwie seltsam an. Sie versetzten Pat in eine sonderbare Unruhe und er schaute sich genauer in seinen Räumen um. Doch er konnte nichts Verdächtiges entdecken. So ging er schließlich hinaus und schloss hinter sich ab. Allerdings sagte er unterwegs dem Sicherheitsdienst bescheid, er möge ihn sofort informieren, sobald sich etwas Merkwürdiges zeigte. Unterwegs dachte er darüber nach, wie er seinem Chef klar machen könnte, dass er vielleicht doch ein wenig kürzer treten wollte. Da klingelte sein Mobiltelefon. Es war der Mann vom Sicherheitsdienst. Aufgeregt meinte er, dass er merkwürdige Geräusche aus der gerichtsmedizinischen Abteilung gehört hätte. Pat wiegelte ab. Er fühlte sich gestört, weil er bereits an seine Familie dachte, die er gleich sehen würde. Er hatte sich bereits bei seiner Frau angekündigt und er freute sich, endlich heim zu kommen. Doch offensichtlich wurde nichts draus. Denn erneut meldete sich das Telefon. Und wieder war es der Sicherheitsbeamte, der von mysteriösen Geräuschen sprach. Diesmal allerdings reichte es Pat. Wutentbrannt wendete er seinen Wagen und fuhr zurück zum Institut. Dort empfing ihn bereits der aufgeregte Sicherheitsbeamte. Gemeinsam gingen sie in Pats Abteilung.

Doch obwohl sich Pat genauestens umschaute, konnte er wirklich nichts Verdächtiges entdecken. Gerade wollten die beiden wieder hinausgehen, da klapperte aus laut. Pat ging wieder zurück und hatte plötzlich eine verwegene Idee. Sollte das Geräusch aus dem Kühlraum kommen? Leise schlich er sich dorthin, wollte unter keinen Umständen, dass er von einem möglichen Einbrecher entdeckt würde. Zunächst sah er nichts. Doch dann bemerkte er, dass das Kühlfach, in welchem der am Vormittag eingelieferte junge Mann lag, nicht so ganz verschlossen war. Pat öffnete es. Doch das, was er dann sah, ließ ihm das Blut in den Adern gefrieren: der Tote war verschwunden! Also hatte er sich nicht geirrt - diese Geräusche hatten ihn und später auch den Sicherheitsbeamten nicht getäuscht. Doch wer sollte den Leichnam geraubt haben? Er hatte doch niemanden bemerkt. Das konnte doch nicht sein. Er untersuchte alles, was sich in dem langgezogenen Raum befand. Aber nicht einmal an den Fenstern konnte er etwas feststellen. Vollkommen irritiert setzte er sich an seinen Schreibtisch und überlegte. Was sollte er jetzt tun? Die Polizei informieren? Das wäre eigentlich nötig, und er rief an! Doch als sich jemand meldete, legte er sofort wieder auf.

Vielleicht sollte er doch noch einmal auf eigene Gefahr nach dem Toten suchen. Aber wo könnte er nur suchen, wenn es doch keinerlei Spuren gab. Er fühlte sich schlecht und ein wenig schuldig. Was würde sein Chef tun, wenn er davon Wind bekäme? Denn immerhin konnte er den Verlust der Leiche nicht ewig geheim halten. Würde sein Chef ihn dann entlassen? Immerhin hatte er ja schon öfter davon gesprochen, endlich einmal kürzer zu treten. Aber es half nichts- er wollte noch einmal los, um nach dem Toten zu suchen. Irgendwo musste er ja sein. Er bat den Sicherheitsbeamten, dicht zu halten und niemandem davon zu erzählen. Und weil sich die beiden schon viele Jahre kannten und sich gut verstanden, versprach dieser, dass er erst einmal schweigen würde. Pat schloss die Tür zu seiner Abteilung ab und lief los. Er untersuchte das gesamte Klinikgelände. Aber von dem Toten fand er keine Spur. So fuhr er wieder in Richtung: Nachhause. Schon von weitem sah er das wilde Blaulichtflackern. Mitten auf der Straße standen dutzende Polizeiwagen und versperrten die Weiterfahrt. Es musste offenbar einen schweren Unfall gegeben haben, denn auch mehrere Krankenwagen warteten am Straßenrand. Die Polizei kontrollierte die vorbei fahrenden Autos. Auch Pat wurde befragt. Der erkundigte sich neugierig, was eigentlich geschehen sei. Einer der Polizeibeamten sagte, dass ein Motorradfahrer umgebracht wurde. Pat wollte wissen, was da geschehen sei und sagte gleich, dass er Gerichtsmediziner sei. Der Beamte meinte, dass der Motorradfahrer aus einer Kneipe kam und vermutlich gerade losfahren wollte. Da musste sich wohl jemand von hinten heran geschlichen sein. Dieser Fremde habe dann das spätere Opfer mit einer Schere erstochen. Die Schere wurde gerade in eine Plastiktüte gesteckt, da rief Pat laut: „Warten Sie einen Moment, bitte!" Er sprang aus seinem Wagen und betrachtete sich die vermeintliche Schere. Es war eine Schere, die man nur in seiner gerichtsmedizinischen Klinik verwendete. Er erkannte sie sofort, sie trug exakt die Zeichen seiner Klinik. Wie war so etwas möglich? Wie kam eine Schere aus seiner Abteilung an diesen Ort? Woher kam der Täter? Etwa aus seiner Klinik? Aber das konnte doch unmöglich sein. Nachdenklich fuhr er nochmals in die Klinik. Der Sicherheitsbeamte sagte, dass es keinerlei verdächtige Beobachtungen gegeben habe. Nur irgend so ein junger Mann wollte unbedingt ins Gebäude. Er habe ihn abgewiesen, aber sonst war nichts. Pat glaubte sich, verhört zu haben, denn längst hatte er einen unglaublichen Verdacht. So schnell er konnte, rannte er in seine Abteilung und wollte nach dem verschwundenen Toten sehen. Und wie er es sich bereits dachte, war der wieder da. Er lag auf seiner Pritsche und es schien, als sei gar nichts passiert. Pat verstand die Welt nicht mehr. Immer wieder schaute er zu dem vollkommen verunsicherten Sicherheitsbeamten, der misstrauisch zurück blickte, dann schob er das Kühlfach laut krachend zu. Er nahm sich vor, seinem Chef nichts von den merkwürdigen Vorfällen zu berichten. Und der Sicherheitsbeamte versprach, ebenfalls nichts auszuplaudern. Dennoch wollte Pat genaueres in Erfahrung bringen. Als der Leichnam des Ermordeten in sein Institut zur Untersuchung eingeliefert wurde, ermittelte er auf eigene Faust. Er fand heraus, dass der tote Motorradfahrer vor Jahren selbst wegen eines mysteriösen Mordfalles unter Verdacht stand. Es hieß, dass er eine junge Frau umgebracht haben sollte.

Doch er wurde frei gesprochen, weil man ihm die Tat nicht beweisen konnte. Als Pat die Identität der damals umgebrachten jungen Frau herausfand, traf ihn beinah der Schlag: es war die Ehefrau des toten jungen

Mannes, der für Stunden aus Pats Kühlfach verschwunden war ...

Geisterhaus

Jane Foley wollte dieses alte Haus. Es gefiel ihr und sie wollte auch weg aus ihrer alten, nicht sehr schönen Umgebung in der Stadt. Diese hohen Wohnblocks jagten ihr in der letzten Zeit sogar Angst ein. Und in ihrem Job fühlte sie sich auch nicht mehr wohl. Deswegen suchte sie sich eine neue Umgebung und sie fand dieses wunderschöne Haus am Wald. Sie wunderte sich, dass dieses malerisch gelegene Haus sehr lange Zeit leer stand. Es hatte einfach keinen Käufer gefunden und eine ältere Dame, die gerade vorüber lief, meinte nur, dass es in diesem Haus nicht mit rechten Dingen zuging. Jane jedoch ließ sich dadurch nicht beirren. Sie hatte es satt noch länger in ihrem Wohnsilo zu vegetieren. Und da sie auch einen neuen Job gefunden hatte, den sie sogar online erledigen konnte, stand dieser Veränderung nichts mehr entgegen. Der Tag des Umzugs kam und Jane freute sich auf die Zeit in ihrem neuen Hause. Und die ersten Tage verliefen genau so, wie sie es sich vorgestellt hatte. Und so langsam richtete sie sich ein, kaufte sich neue Gardinen und neue Möbel. Sie gestaltete sich dieses kleine Haus genau nach ihren Wünschen und glaubte, dass sie dort viele Jahre, vielleicht sogar bis ins hohe Alter leben würde. Doch sie irrte sich! Es begann an einem Abend im November. Sie kam aus der Stadt und hatte sich ein neues Besteck mitgebracht. Gerade wollte sie es auspacken, da rumorte es in den Küchenschränken. Jane glaubte zunächst, dass sie sich verhört habe. Doch das Rumoren wurde stärker und stärker. Sie wollte der Sache nachgehen und suchte die ganze Küche ab. Doch sie konnte nicht herausfinden, woher dieser Krach kam. Als sie sich an den Tisch setzte, um etwas zu essen, öffnete sich wie von Geisterhand eine Schublade. Noch hatte es Jane nicht bemerkt, doch plötzlich flogen Besteckteile durch die Luft und Jane erschrak fürchterlich. Sie wollte sich in Sicherheit bringen, doch da bemerkte sie, dass nicht sie attackiert wurde. Die Besteckteile flogen bis zu ihrem Tisch und legten sich dann neben ihren Teller. Jane glaubte, zu träumen, sie konnte nicht glauben, was sie da sah. Was ging in diesem Hause nur vor? Doch es wurde immer schlimmer. Die Gardinen zogen sich von allein auf und wieder zu. Fenster öffneten sich und schlossen sich nach einigen Minuten wieder und schließlich schaltete sich das Licht ein und dann wieder aus. Jane glaubte, verrückt zu werden. Unmöglich konnte sie noch länger in diesem verrückten Hause bleiben. Sie hatte die wage Hoffnung, dass es wenigstens die Nacht über ruhig blieb. Doch da lag sie falsch, denn gegen Mitternacht hörte sie Schritte, die auf dem Gang vor dem Schlafzimmer und in der oberen Etage auf und ab liefen. Es hörte sich derart gespenstisch an, dass Jane kein Auge schließen konnte und panisch die Schlafzimmertür verriegelte. Und plötzlich kam ein Gefühl, welches sie in ihrem Wohnsilo in der Stadt selten hatte, Angst! Sie fürchtete sich und die alten Bilder an den Wänden, die noch vom Vorbesitzer des Hauses stammten, bewegten sich und aus den Augen der dort abgebildeten Personen lief Blut die Wand hinunter. Nein, dieses Haus schien verflucht zu sein. Nur konnte Jane diesen rätselhaften Fluch nicht brechen. Sie musste ihn ertragen oder eben ausziehen. Schließlich kam es soweit, dass der Tisch in ihrer Küche eines Morgens komplett gedeckt war. Die Kaffeemaschine bereitete selbständig den Kaffee zu und als Krönung backte sogar ein köstlich duftender Kuchen in der Backröhre des alten Herdes. Und immer und überall fiel Jane ein kleines Foto von einer fremden jungen Frau auf. Mal stand es neben der Kaffeekanne und mal neben ihrem Essteller. Es war überall dabei und Jane konnte sich absolut keinen Reim darauf machen. Irgendwann fürchtete sie sich sogar davor. Und weil sie es einfach nicht mehr aushielt, nahm sie sich eine kleine Zweitwohnung in der Stadt. Sie musste erst einmal wieder zu sich kommen und den Spuk in ihrem Haus hinter sich lassen. Nur ging das nicht so einfach. Immer wieder fuhr sie hinaus, um es doch noch einmal zu versuchen. Sie konnte nicht glauben, dass möglicherweise ein Geist in ihrem Haus umging, der anscheinend nicht zur Ruhe kam. Doch sie konnte diesen Gedanken nicht mehr loswerden. Jedes mal, wenn sie im Haus war, drängte sich dieser Gedanken auf und der Spuk ließ auch nicht lange auf sich warten.

Eigentlich glaubte sie nicht so recht an Geister und paranormale Phänomene, doch sie erkundigte sich in ihrem Lieblingsrestaurant in der Stadt nach einem Parapsychologen oder einem Geisterjäger. Schon nach kurzer Zeit erhielt sie eine Adresse in Downtown und fuhr sofort dorthin. Mr. Jenkins war ein netter, älterer Herr. Jane fiel sofort seine Gelassenheit und seine Ruhe auf. Sie zweifelte ein wenig, dass er im Stande sei, Geister aufzuspüren. Doch als er zu erzählen begann, wie er vorgehen wollte, schöpfte sie Vertrauen. Sie wollte endlich wissen, wer oder was in ihrem Hause umging. Jenkins brauchte keine Gerätschaften, als er sich für eine Woche in Janes Haus einmietete. Er meinte, dass er lediglich sein Gespür benutzte, welches er angeblich von seiner geliebten Mutter geerbt hatte. Jane unkte, dass möglicherweise der Geist nicht mehr kommen würde. Doch da hatte sie sich geirrt. Schon am ersten Abend nach Erscheinen des Geisterjägers fing es wieder an.

Besteckteile flogen durch die Luft und das Licht im Hause schaltete sich ein und wieder aus. Jenkins schloss seine Augen und meinte dann, dass er eine starke Energiequelle im Hause verspürte, die sich ständig durch alle Zimmer bewegte. Er sagte, dass er sie genau lokalisieren konnte. Jane beobachtete misstrauisch Jenkins' Spielchen. Doch sie hatte Vertrauen und hoffte, dass Jenkins wusste, was er da tat. Und nachdem er eine ganze Nacht im Keller des Hauses verbracht hatte, bat er am darauf folgenden Morgen Jane zu einem Gespräch zu sich. Er wollte Jane von seinen Beobachtungen berichten und seine Ansichten und Erkenntnisse zu diesem Fall schildern. Er meinte, dass er eine junge Frau gesehen habe, die das Besteck auflegte und durch die Türen ging. Auch habe sie die Lampen im Haus ein- und ausgeschaltet. Von dem rätselhaften Foto, welches Jane andauernd erschienen war, sagte er nichts. Offenbar hatte sich dieses Bild vor ihm bisher nicht gezeugt. Jane erkundigte sich bei Jenkins, ob dieser das Foto schon gesehen habe. Doch der schüttelte nur den Kopf. Aber kaum hatte er das getan, da erschien das Foto vor ihm auf dem Tisch. Jenkins schien gar nicht erstaunt, er sagte nur, dass es diese junge Frau war, die er im Keller gesehen habe. Jane konnte das alles nicht begreifen. Was passierte da nur? Doch dann wackelte das Foto und fiel schließlich vom Tisch. Es fiel geradewegs auf eine lockere Diele. Jenkins wollte das Foto aufheben, da betrachtete er sich die undichte Stelle in den Dielen. Dann zog er kräftig an der losen Diele und hatte sie schließlich in der Hand. Darunter lag ein altes zerfetztes Buch. Es sah aus wie ein Tagebuch. Jane hob es auf und betrachtete es interessiert. „Was mag da nur drinstehen?", sagte sie leise. Und Jenkins nahm es ihr aus der Hand. Neugierig schlug er es auf. Darin fand er jede Menge Gekritzel, welches nur sehr schwer zu entziffern war. Doch eines konnte er ganz deutlich lesen: den Namen Agnes Foley. Jane traf beinahe der Schlag, als sie das hörte. Und sie bat Jenkins, das Buch noch am selben Abend so gut wie möglich zu entziffern. Die beiden setzten sich an den Tisch und hielten sich mit starkem Kaffee wach. Gegen Mitternacht hatte Jenkins die ersten Sätze entziffern können. Gespannt wartete Jane auf seine Ausführungen. Er hatte sich Notizen gemacht und las diese nun vor: „Agnes Foley ... habe ich meine kleine Tochter gesund gepflegt ... es geht ihr schon wieder besser ... Tom hat mich wieder geschlagen ... ich werde wohl bald weggehen, fliehen ... aber es ist doch unser Haus ...ach, meine geliebte Jane ... ich hab Dich so lieb!"

Jane glaubte, sich verhört zu haben. Sprach Jenkins etwa von Jane? Dann hieß die Tochter von dieser rätselhaften Agnes also Jane, genau wie sie. Und nun wollte sie es genau wissen. Vor lauter Aufregung konnte sie nicht ins Bett gehen und am nächsten Morgen fuhren die beiden schon sehr früh zu einer Polizeistation. Jane musste unbedingt herausfinden, ob es eine Agnes Foley gab und ob ihr etwas zugestoßen war. Der Polizeibeamte fand tatsächlich heraus, dass vor dreißig Jahren eine Agnes Foley als vermisst gemeldet wurde. Doch sie konnte nie gefunden werden. Es stellte sich schließlich heraus, dass es sich bei Agnes Foley um die Mutter von Jane handelte. Agnes' Leiche wurde im Keller von Janes Haus, welches einst dem Ehepaar Tom und Agnes Foley gehörte, gefunden. Agnes wurde von ihrem Mann ermordet und im Keller vergraben. Vorsorglich hatte sie ihre Tochter Jane bei einer fremden Frau vor die Tür gelegt.

So erfuhr Jane nie von ihrer richtigen Mutter. Über all die vielen Jahre hatten es ihre Pflegeeltern nicht gesagt. Jane war erleichtert und doch auch traurig, dass diese furchtbaren Dinge nun ans Licht gekommen waren. Doch sie konnte fortan ruhig in ihrem Hause leben, denn der Geist von Agnes Foley hatte seine Ruhe gefunden und kehrte nie mehr zurück. Nur Mr. Jenkins kam oft und schlich immer um Jane herum. Und immer an Agnes' Geburtstag legte er frische Blumen auf ihr Grab …

Klinik des Grauens

D ie kleine Gina war ein lustiges fröhliches Kind. Eigentlich war sie gesund und munter kränkelte sehr selten. So verwunderte es die Mutter, als Gina ganz plötzlich still wurde und sich immer mehr zurückzog. Eines Tages fand die Mutter Gina röchelnd in ihrem Bettchen vor und rief sofort den Notarzt. Gina wurde ins Krankenhaus gebracht und konnte gerade noch gerettet werden. Sie litt an einer Ernährungsstörung und wäre beinahe gestorben. Die Mutter war derart besorgt und ängstlich, dass sie täglich auf der Station des Krankenhauses war. Sie übernachtete sogar zeitweise in einem Zimmer neben der Station und wollte ihre kleine Tochter unter keinen Umständen unbeobachtet lassen. Doch eines Tages geschah etwas Furchtbares. Vollkommen unerwartet starb plötzlich eines der Kinder aus Ginas Zimmer. Ihm ging es eigentlich schon sehr gut und die Ärzte wussten nicht, was es sein konnte. Das Kind starb rätselhafter Weise an einer Lungenentzündung, obwohl die Fenster des Krankenzimmers in jener Winternacht verschlossen blieben und die Heizung einwandfrei funktionierte. Doch etwas schien merkwürdig: auf der Bettwäsche des Kinderbettchens entdeckte eine Schwester ein mit roter Farbe aufgemaltes umgedrehtes Kreuz, das Zeichen des Satans! Das Personal und die behandelnden Ärzte bekamen einen riesigen Schreck. Hatte am Ende irgendjemand dieses Kind umgebracht? Nur, wer sollte solch eine unfassbare Tat vollbracht haben? Auf die Station gelangten doch ausschließlich das Klinikpersonal und sonst keinerlei fremde Personen. Wer also konnte an jenem entsetzlichen Ereignis die Schuld tragen? Da man keine logische Erklärung und schon gar keinen Täter finden konnte, wurden die Sicherheitsmaßnahmen verstärkt. Alle diensthabenden Ärzte und Schwestern wurden angehalten, noch besser aufzupassen und noch öfter die Krankenzimmer zu kontrollieren. Und obwohl das alles geschah, verstarb wenig später ein zweites Kind. Auch dieses Kind starb an einer Krankheit, die eigentlich hätte gar nicht da sein dürfen. Denn auch dieses Kind befand sich auf dem Weg der Besserung und nichts deutete darauf hin, dass es so plötzlich an einer schweren Krankheit versterben würde. Und es grenzte an Hexerei, denn wieder entdeckte man auf der Bettwäsche dieses in roter Farbe gemalte umgedrehte Kreuz. Wer hatte das dort drauf gezeichnet? Ging ein Kindermörder um oder war jemand vom Personal der Täter? Die Kripo suchte akribisch nach irgendeinem Anhaltspunkt und fand dennoch keinen stichhaltigen Grund. Es war kein Täter zu ermitteln. Und Gina lag noch immer auf dieser Station. Zwar war Ginas Mutter erleichtert, dass es ihrer Tochter schon recht gut ging. Doch die Kunde vom Tod der beiden Kinder versetzte sie in Angst und Schrecken. Keinen Tag länger wollte sie ihre kleine Gina länger in diesem furchtbaren Krankenhaus lassen. Und da sie keine ruhige Minute mehr hatte, wollte sie ihre Tochter von der Station holen. Doch auf dem Gang zum Krankenzimmer kam ihr eine seltsame alte Schwester entgegen. Sie hatte ein fahles, knochiges Gesicht und ihre Augen stachen bedrohlich aus den tiefen Höhlen hervor. Als sie mitbekam, dass Gina nach Hause geholt werden sollte, stellte sie sich der aufgeregten Mutter in den Weg. „Sie können das Kind nicht so einfach mitnehmen. Sie brauchen erst einige Genehmigungen.", zischte sie. Doch die Mutter war derart in Rage, dass sie nichts und niemand mehr aufhalten konnte. Weder eine Genehmigung noch irgendeine andere Formalität konnten sie noch bremsen. Laut rief sie: „Das bringe ich später vorbei! Aber mein Kind lasse ich keine Stunde länger hier!" Sie schob die Schwester beiseite und rannte in Ginas Zimmer. Dort fand sie ihre kleine Tochter hustend und ganz rot im Gesicht vor. Auf dem Kopfkissen neben Gina lag ein kleiner Teddybär, der ein Kreuz in seinen Pfoten hielt. Die Mutter hatte ihn in einem kleinen Laden in der Klinik für ihre Tochter gekauft. Sie kam gerade noch dazu, den kleinen Bär aus dem Bettchen zu nehmen und ihrer Tochter in die Hand zu legen, da stürmte auch schon die vermeintliche Schwester in das Zimmer und wolle ihr das Kind entreißen. Sie hatte plötzlich feuerrote Augen und einen eiskalten Atem. Es war der Atem des Todes und die Schwester rief mit düsterer Stimme: „Niemals wirst Du dieses Kind mitnehmen können, denn es ist das dritte Kind, welches sterben muss! Du kannst den Fluch nicht zerstören, niemals!" Dann entdeckte sie den Bär mit dem Kreuz in Ginas Händen und wich entsetzt einen Schritt zurück. Das nutzte die Mutter aus hielt ihre Tochter noch fester im Arm. Sie nahm behutsam den kleinen Bär aus Ginas Händen und hielt ihn der Schwester vor die Nase. Die Schwester schrie laut auf und torkelte zur Seite. Dann fiel sie kraftlos auf den Boden und die Mutter rannte laut um Hilfe rufend auf den Gang. Durch den Lärm wurde das Personal aufmerksam und kam ihr schon entgegen gerannt. Sie riefen sofort die Polizei. Als die eintraf, fanden sie die merkwürdige Schwester nicht mehr vor. Lediglich die Bettwäsche auf Ginas Bett wies eine seltsame Zeichnung auf. Ein mit roter Farbe aufgemaltes umgedrehtes Kreuz! Kein Zweifel, das nächste Kind, welches gestorben wäre, konnte nur Gina gewesen sein. Schon am nächsten Tag wurden sämtliche Kinder in ein anderes Krankenhaus verlegt. Gina wurde wieder gesund und die Mutter war froh, ihre Tochter gerade noch rechtzeitig aus der Todesklinik befreit zu haben.

Inspektor Staff, der mit dem rätselhaften Fall betraut wurde, fand schließlich heraus, dass auf dem Klinikgelände vor dreihundert Jahren ein altes Kloster stand. In den Aufzeichnungen des Klosters, welche sich nun im Besitz eines Museums befanden, las Staff schließlich, dass es einst eine Nonne gab, die abtrünnig geworden sei. Man sagte ihr nach, dass sie jedes Jahr drei Kinder ermordete. Es hieß, dass sie mit dem Teufel im Bunde stand und ihm in jedem Jahr drei Seelen versprach. Als man die Nonne schließlich auf

frischer Tat ertappte, wurde sie sofort einge-
kerkert und später zum Tode verurteilt. Sie
endete am Galgen, doch bevor man sie zum
Tode beförderte, sollte sie noch einen Fluch
ausgesprochen haben: „Ich verfluche die Erde, auf dem das Kloster gebaut wurde. Und
jedes Jahr wird mein Geist drei Kinderseelen
holen! Niemals wird es mehr Frieden geben!" Inspektor Staff wusste, dass das Krankenhaus erst ein reichliches Jahr stand. Das
alte Kloster musste wegen Baufälligkeit ab-
gerissen werden. Und nun schien sich dieser
Fluch zu bewahrheiten. Die Klinik wurde
schließlich geschlossen. Als man später eine
christliche Einrichtung dort unterbrachte,
sah man am Tag der Weihe des Gebäudes
eine rätselhafte alte Frau, die aussah wie eine
Krankenschwester vom Gelände rennen. Sie
rannte auf ein angrenzendes Waldstück zu
und hatte stechend rote Augen. Unmittelbar
vor dem Wäldchen verwandelte sie sich in
eine große Flamme, die schließlich kurz darauf verlosch und niemals wiederkehrte …

Asteroiden

Der Hobbyastronom Juri Nikolai schlug sich mal wieder die Nacht um die Ohren und saß bis nach Mitternacht vor seinen Geräten. Er hatte sich ein winziges Observatorium eingerichtet und das Teleskop nach seinen Erkenntnissen und Ideen umgebaut. Dazu musste das kleine Gartenhäuschen erweitert werden, was seine Frau Nina sehr verärgerte. Denn Juri hatte nur noch die Astronomie und die Sterne im Kopf. Leider vergaß er darüber nicht nur den Hochzeitstag. Gerade in den letzten Tagen sah Nina ihren Mann kaum noch in ihrer Nähe. Der hatte sich hinter seinem Teleskop verbarrikadiert und beobachtete eine nahezu unglaubliche Erscheinung. In der Nähe des Planeten Jupiter entdeckte er eine riesige Gruppe Asteroiden. Sie schienen sich umeinander zu bewegen und geradewegs Kurs auf den Jupiter zu nehmen. Dieser riesige Planet war so eine Art Gravitationsfalle für diese kleineren Himmelkörper. Er zog sie an und hielt sie somit davon ab, ihren Kurs ins Innere unseres Sonnensystems fortzusetzen, um auch der Erde gefährlich zu werden. Die Asteroiden allerdings waren so gewaltig, dass sich Juri nicht so ganz sicher war, ob sie vom Jupiter abgelenkt würden oder nicht. Sollten sie ihren Weg ins Innere des Sonnensystems fortsetzen, könnten sie der Erde unter Umständen gefährlich werden. Doch er glaubte, dass die großen Observatorien der Erde längst wussten, wie die Bahn der Asteroiden verlief. Und so rief er nicht beim Zentralen Observatorium an und beobachtete einfach weiter, was im All geschah. Als Nina ins Gartenhaus kam, um ihren Mann zum Essen ins Haus zu rufen, winkte der nur ab. Er schaute nur noch auf den Bildschirm vor sich und konnte nicht fassen, was er da sah. Die Asteroiden hatten den Jupiter ungehindert passiert und befanden sich nun auf geradem Kurs zur Erde. Juri lief ein eiskalter Schauer über den Rücken. Er hatte ein Rechenprogramm entwickelt, welches die Zeit bis zum Einschlag auf der Erde berechnete. Und als die Zeit auf dem Monitor erschien, stockte ihm der Atem - in ungefähr zwanzig Tagen würden die Asteroiden die Erde erreicht haben. Und dann wäre es vermutlich vorbei mit diesem wunderschönen blauen Planeten. Und obwohl er schon vorher nicht zu Nina ins Haus gehen wollte, um etwas zu essen, hatte er nun erst recht keinen Appetit mehr. Nun musste er das Zentrale Observatorium informieren. Er nahm sein Handy und meldete dort seine Beobachtungen und sämtliche Daten, die er dabei herausgefunden hatte. Die dortigen Wissenschaftler aber hatten all das schon beobachtet. Und sie wiesen Juri an, Stillschweigen zu bewahren. Man wollte erst die Regierungen auf der ganzen Welt von den Erkenntnissen informieren und Juri durfte so lange nichts verbreiten. Dennoch hatte Juri Angst. Er wusste genau, dass es keinen sicheren Ort auf diesem Planeten gab, wenn derartig monströse Himmelskörper einschlugen. Aber vielleicht gab es ja doch noch eine Rettung: den Mond! Vielleicht würden die Asteroiden von der schwachen Anziehungskraft des Erdtrabanten abgelenkt und eine andere Flugbahn einschlagen. Aber diese Hoffnung erschien zu wage. Juri musste es zumindest seiner Frau Nina sagen, doch wie würde sie reagieren? Über ein Haustelefon rief er Nina an. Er bat sie, zu ihm ins Gartenhaus zu kommen, um sie über seine Beobachtungen zu unterrichten. Als Nina vor ihm stand, berichtete er alles, was er über die Asteroiden heraus bekommen hatte. Nina starrte Juri schweigend an und wusste im ersten Moment gar nicht, was sie sagen sollte. Vermutlich brachen in diesem schicksalsträchtigen Augenblick all ihre Träume vom Leben, all ihre Hoffnungen und all ihre Pläne von der Zukunft mit einem Mal zusammen. Mit bebender Stimme fragte sie Juri, ob es doch noch irgendeine Hoffnung für die Menschen auf der Erde gäbe. Juri wurde ganz ernst und flüsterte nur ein trockenes: „Nein. Wir werden vermutlich alle untergehen."

Nina hatte Tränen in den Augen. Vergessen war das Essen und die Zeit, die Juri in diesem Gartenhäuschen bisher verbracht hatte. Alle schlimmen Dinge, die sie ihrem Mann bisher gesagt hatte, weil er kaum noch bei ihr war, schienen mit einem Male verpufft. Nichts war mehr wichtig. Sie wollte nur noch bei ihm sein, ihn anschauen und seine Worte hören. Auch Juri ging es so. Ihm war klar, dass sie nicht mehr viel Zeit hatten.

Und sie knieten nieder und beteten zu Gott, er möge ein Einsehen mit diesem Planeten und dem darauf befindlichen Leben haben. Dieses wundervolle einzigartige Paradies durfte nicht einfach so zerstört werden. Aber es würde wohl so kommen. Denn die Menschheit war einfach noch nicht so weit, ein solch großes Unternehmen durchzuführen, um diese enormen Massen-Objekte aufzuhalten. Das Unglück schien nicht mehr abwendbar zu sein und das Schicksal der Erde war besiegelt. Als am Tag darauf die Nachrichtenstationen auf aller Welt von diesem unglaublichen Sachverhalt berichteten, fielen die Menschen in eine nie dagewesen Lethargie. Schweigend starrten die Menschen in den Himmel und beteten. Schon bald waren Millionen von Jahren der Entwicklung dieses phantastischen Lebens auf diesem so einzigartigen Planeten einfach dahin. Dann wäre es so, als hätte es diese Welt niemals gegeben. Plötzlich geschah etwas Sonderbares. Die Menschen in Japan bildeten eine endlose Menschenkette. Jeder trug eine leuchtende Kerze in seiner Hand, während er mit der anderen Hand den anderen Menschen berührte. Immer mehr Menschen schlossen sich dieser Menschenkette an. Schon nach wenigen Stunden reichte die Kette von der japanischen Insel Hokkaido über China nach Indien, nach Sibirien, nach Russland - nur die Meere unterbrachen diese endlose Kette. Doch schon an den Stränden standen die Leute und führten die Kette weiter. Und alle trugen strahlende Kerzen in ihren Händen. Schließlich hatte sich nahezu die gesamte Weltbevölkerung zu einer unglaublichen Menschenkette vereint. Die hell leuchtenden Kerzen trugen ihren Schein ins All hinaus und dort konnte man dieses Funkeln und Blitzen des warmen Kerzenlichts sehen. Es war seltsam, aber obwohl die Kerzen eigentlich nur ein Lichtlein waren, schienen sie in dieser Kette so stark und hell zu leuchten wie eine neue Sonne. Und auf einmal stockte der Flug der Asteroiden. Irgendetwas schien ihnen im Wege zu stehen. Einer nach dem anderen verschwand in einem grellen Lichtblitz. Schließlich waren sie verschwunden. Als erstes bemerkten es die Wissenschaftler in den Observatorien. So schnell sie konnten verbreiteten sie ihre unfassbaren Beobachtungen. Und alsbald flog es um die ganze Welt – die Erde war gerettet. Wie war das nur möglich? Wie konnten solch riesige kosmische Objekte mit einem Mal verschwinden? Was ging dort draußen vor? Immer wieder beobachteten die Wissenschaftler den Raum, doch all ihre Messungen bestätigten die Feststellung: die todbringenden Asteroiden gab es nicht mehr! Juri, der das alles ebenfalls an seinem Teleskop beobachten konnte, war fassungslos. Vor lauter Tränen konnte er gar nichts mehr sehen und er rannte zu Nina ins Haus, umarmte sie und rief: „Wir sind gerettet. Die Asteroiden sind fort!" Nina war überglücklich und die beiden küssten und umarmten sich wie seit langer Zeit nicht mehr. Alle Menschen auf der Welt fielen sich überglücklich und weinend vor Freude und Erleichterung in die Arme. Es konnte also weiter gehen. Das Leben hatte noch einmal eine Chance erhalten. Vielleicht hatte es sich doch gelohnt, eine solch mächtige Menschenkette zu bilden. Und vielleicht haben die Kerzen dieses Wunder bewirkt. Auch Juri wusste es nicht. Er ging fortan nicht mehr so oft ins Gartenhaus und widmete sich mehr seiner Frau Nina. Denn ihm war klar geworden, dass man nur eine Möglichkeit hatte, wenn es weiter gehen sollte: den Zusammenhalt! Als Juri eines nachts und nach langer Zeit wieder einmal in sein Mini-Observatorium ging, um endlich wieder nach den Sternen zu schauen, fiel ihm etwas Sonderbares auf. Vor einiger Zeit hatten Wissenschaftler herausgefunden, dass sich im Zentrum unserer Galaxis, weit entfernt von unserem Sonnensystem ein schwarzes Loch befand, dass unablässig Materie in sich aufsaugte. Dieses schwarze Loch war verschwunden. Dafür zeigten Juris empfindliche Messgeräte etwas völlig anderes an. Und ihm wurde schlagartig klar, was es war, dass die riesigen Asteroiden vernichtete: das schwarze Loch aus dem Zentrum unserer Milchstraße befand sich den Messungen zufolge innerhalb unseres Sonnensystems ...

Dämonen

Als ich in dieses Haus einzog, hatte ich große Träume und viele Erwartungen. Ich wollte einfach noch einmal ganz von vorne anfangen. Doch was in diesem alten Hause auf mich wartete, schien nicht von dieser Welt zu sein. Es war ein regnerischer Septembertag als ich einzog. Meine Umzugskartons standen aufgetürmt in der Diele und ich lag auf dem herrlichen Wollteppich, der auf dem sehr gut erhaltenen Parkett ausgebreitet war. Ich wollte diesen ersten Tag so richtig genießen. Das alte Haus war das letzte auf der einsamen Straße. Dahinter begann ein großes Waldstück. Der Makler hatte mir das Haus so richtig schmackhaft gemacht und mit seinen Bekundungen auch nicht gelogen. Selbst die riesige Terrasse, die sich über die gesamte erste Etage zog, hatte mich sofort verzaubert. Für mich gab es nur eine Devise: dieses Haus oder keines! Meine nächste Nachbarin, Mrs. Morris wohnte ungefähr 500 Meter von meinem Haus entfernt. So ging ich sicher, nicht gestört zu werden von dieser recht neugierigen Person. Als erstes schloss ich meine Kaffeemaschine an und bereitete mir einen starken Mokka. Ich wollte diesen Einzug so richtig bewusst erleben und es mir schon am ersten Tage so richtig gemütlich machen. Leider dauerte meine Entspannungsphase nicht sehr lange an, da schellte es an der Haustür. Durch eine Kamera am Tor des Gebäudes konnte ich genau sehen, wer davor stand. Es war Mrs. Morris, die ich schon bei der Hausbesichtigung kennenlernte. Im ersten Moment wusste ich nicht genau, ob ich sie überhaupt vorlassen sollte, zu geschwätzig erschien sie mir bereits am ersten Tag. Dauernd fiel sie dem Makler ins Wort und wollte mir unbedingt das Haus allein zeigen. Ich drückte den Knopf und Mrs. Morris kam herein. Offensichtlich war sie nicht mit leeren Händen gekommen. Sie hatte in einen üppigen Blumenstrauß und eine riesige Bonboniere mitgebracht. „Zum Einzug für den netten Herrn.", meinte sie und schien sich an meiner Verwunderung zu erfreuen. Überhaupt schien sie erleichtert, dass endlich jemand in ihre Nachbarschaft zog. Ich konnte ihr noch keinen Platz anbieten, denn auf dem Sofa und auf den Sesseln lagen dutzende Gegenstände und meine Kleidung herum. Doch Mrs. Morris wollte sich auch gar nicht setzen. Sie meinte, dass sie im

Stehen viel besser reden könnte als im Sitzen. Das hörte sich nicht gut an. Und als ob meine schlimmsten Befürchtungen wahr werden würden, schien ihr Mundwerk überhaupt nicht mehr stillstehen zu wollen. Kein Wunder, dachte ich mir, hier draußen, wo sowieso kaum jemand lebte, da kam jeder Gast und jeder neue Nachbar wie gerufen. Sie erzählte mir von allen möglichen Nachbarn, die in dieser Gegend wohnten, nur leider nichts von sich, was mich vielleicht etwas mehr interessiert hätte. Ich konnte mir nicht helfen, aber irgendwie erschienen mir ihre Erzählungen wie spannende Märchen, die mich von irgendetwas ablenken sollte. Außerdem nervte sie fürchterlich und ich starrte fortwährend auf meine noch nicht ausgeräumten Umzugskartons, in der Hoffnung, sie verstände meine Gestik. Plötzlich krachte etwas gegen die Fensterscheibe. Wir zuckten zusammen und Mrs. Morris warf mir einen mehr als merkwürdigen Blick zu. Ich öffnete das Fenster, konnte aber nichts entdecken. Nur auf der Wiese vorm Fenster lag irgendetwas. Ich entschuldigte mich bei Mrs. Morris für einige Sekunden und ging hinaus in den Garten, um zu sehen, was da lag. Als ich es gefunden hatte, lief mir ein eisiger Schauer über den Rücken. Im Gras lag ein

schmiedeeisernes schwarzes Kreuz. Irgendjemand musste es gegen die Scheibe geworfen haben. Nur wer? Von unten sah ich, wie
Mrs. Morris durch die Fensterscheibe schaute und mich mit seltsam ernster Miene beobachtete. Sie sah so komisch aus, gar nicht so
lustig wie eben noch. Ich hatte ein ungutes
Gefühl, als ich ins Haus zurückkehrte. Mrs.
Morris zeigte sich überhaupt nicht über-
rascht, als ich ihr das eiserne Kreuz zeigte.
Vielmehr bemerkte ich, dass sie plötzlich
recht blass wurde. Besorgt fragte ich sie, ob
es ihr nicht gut ginge. Sie bat mich, sich irgendwo setzten zu dürfen. So schnell ich
konnte räumte ich einen der Sessel leer und
half ihr sich zu setzen. Dann brachte ich ihr
ein Glas Wasser aus der Küche. Ich öffnete
das Fenster und fragte sie, warum es ihr
plötzlich so schlecht ging. Sie trank einige
Schluck von dem Wasser und gab mir das
Glas mit zitternden Händen zurück.
Schließlich holte sie tief Luft und ich spürte,
dass es ihr wohl sehr schwer fiel, darüber zu
sprechen. Sie sprach von ihrer Tante Amalia,
die angeblich in diesem Hause lebte. Auch
von zwei toten Kindern erzählte sie.
Manchmal nachts geisterten sie durch das
Haus und würden Lieder singen und laut
lachen. Daraufhin hätte sich Tante Amalia

mehr und mehr zurückgezogen, und nur nachts könnte man sie sehen, wie sie mit einem Kerzenleuchter durch die Flure des Hauses schritt. Als sie schließlich starb, fand man ihren Leichnam auf der Terrasse im ersten Stock. Sie lag in einem Gartenstuhl und hatte ein schwarzes Kreuz in der Hand. Ich hörte ihr interessiert zu, auch wenn mich das Gefühl beschlich, dass sie mir irgendetwas verschwieg. Obwohl sie sonst so redselig schien, hielt sie sich plötzlich so merkwürdig bedeckt. Das passte so gar nicht zu ihr. Dieses Kreuz, welches gegen die Scheiben geflogen war, musste also dieser Tante Amalia gehört haben. Ich betrachtete es und beobachtete dabei Mrs. Morris. Sie schien nervös und ihre Blicke flogen hektisch, beinahe panisch durch den Raum. Mich hingegen beschäftigte nur eine Frage: wer hatte das Kreuz gegen die Scheiben geworfen? Mrs. Morris, der es offenbar schon wieder besser ging, zog ein schauriges Gesicht und sagte dann beschwörend, dass es wohl Tante Amalia selbst gewesen sein musste, bzw. ihr Geist. Denn seit ihrem Tode spukt sie durch die Flure des leerstehenden Hauses. Mit diesen Worten sagte sie kurz angebunden: „Junger Mann, gestatten Sie, dass ich mich nun zurück ziehe. Ich habe noch viel zu tun."

Zielsicher stürmte sie zur Ausgangstür und verschwand schließlich ohne sich noch einmal umzudrehen. Ich war einerseits froh, dass sie endlich gegangen war. Andererseits erschien mir diese merkwürdige Geschichte von dieser obskuren Tante Amalia mehr als zweifelhaft. Ich wusste, dass Mrs. Morris gern und viel erzählte. Und ich konnte mir denken, dass sie mir gern ein wenig Angst einjagte. Aber dennoch ließ mich das Ganze nicht mehr los. Noch mehr verwunderte mich allerdings Mrs. Morris hastiger Aufbruch. Hatte sie vielleicht irgendetwas zu verbergen? Noch am Abend, als ich einige Küchengeräte für die Zubereitung meines spärlichen Abendbrotes und das Bett frei gelegt hatte, musste ich an ihre seltsamen Worte denken. Diese merkwürdige Tante Amalia und die beiden toten Kinder gingen mir nicht mehr aus dem Sinn. Ich war jedoch zu müde, um weiter darüber nachzudenken und schlief schließlich ein. Irgendeine Stimme, weckte mich. Todmüde schaute ich auf meine Armbanduhr: es war kurz nach Mitternacht. Diese Stimme entpuppte sich als Lachen -ich erschrak- es war ein Kinderlachen! Genau wie es Mrs. Morris berichtet hatte. Das konnte doch nicht möglich sein. Hier gab es doch keine Kinder. Auch in der

Nachbarschaft wusste ich von keinerlei Kindern. Außerdem, wenn es da welche gäbe, wären die zu weit entfernt. Man könnte sie hier nicht hören. Plötzlich vernahm ich Schritte. Sie hallten durch die noch nicht eingeräumten Zimmer und mussten von der Diele kommen. Ich stand auf, griff nach meiner Taschenlampe und zog mir meinen Bademantel über. Vorsichtig schlich ich mich hinaus. Doch in der großen Diele war es stockdunkel. Und da waren sie wieder: die Schritte! Ich schaltete meine Taschenlampe ein und erstarrte vor Schreck. Über den alten Parkettfußboden schlürften ein Paar Pantoffeln, ganz ohne Füße und ohne dazugehöre Person. Sie schlürften geradewegs auf eine Holztür zu. Das musste die Kellertür sein, wenn ich mich recht erinnerte. Wie von Geisterhand öffnete sich die Tür und die Pantoffeln verschwanden dahinter. Im ersten Augenblick wusste ich nicht, was ich tun sollte. Sollte ich hintergehen, um dann doch festzustellen, dass alles nur Einbildung war? Oder sollte ich ins Bett zurück? Nein, das wollte ich auf gar keinen Fall! Ich spürte die brennende Neugierde in mir. Ich musste unbedingt diesem Geheimnis auf den Grund gehen. Wer verbarg sich hinter alldem Zauber? Sollte allen Ernstes diese Tante Amalia…?

Langsam und zögernd schlich ich mich zur Kellertür. Sie war nur angelehnt und ich konnte sie geräuschlos öffnen. Dahinter führte eine dunkle Treppe nach unten. Mit der Taschenlampe leuchtete ich den Gang aus, doch plötzlich flackerte sie und ging aus. „Auch das noch!", zischte ich vor mich hin. Ich stellte sie auf eine Stufe und kramte in meiner Bademanteltasche herum. Und tatsächlich fand ich eine Schachtel Streichhölzer darin. Ich zündete eines an und tastete mich weiter die Treppe nach unten.

Plötzlich vernahm ich wieder dieses mysteriöse Kinderlachen. Dann wurde es totenstill. Mir fiel Mrs. Morris ein. Was würde die wohl für ein Gesicht ziehen, wenn sie wüsste, dass ich die Kinderstimmen gehört hätte. Als ich unten ankam, vernahm ich wieder dieses Schlürfen der Pantoffeln. Sie mussten ebenfalls hier unten sein, nur wo? Die Frage wurde mir sofort beantwortet. Vor mir erhellte sich plötzlich ein großer Raum. Dutzende Fledermäuse stoben kreischend auseinander. Wie von selbst entzündeten sich Kerzen eines großen Leuchters. Er stand auf einem alten Holztisch und dort entdeckte ich auch diese seltsamen Pantoffeln. Sie standen vor dem Tisch und plötzlich fuhr ein heftiger Windstoß durch den Raum. Beinahe hätte er die Kerzen gelöscht. Doch im selben Moment stand da eine alte Frau in den Pantoffeln. Ich glaubte, es sei eine Halluzination. Aber es gab keinen Zweifel, mitten im Raum stand eine Frau und setzte sich auf einen Stuhl an den Tisch. Sie saß mit dem Rücken zu mir und ich konnte nicht sehen, wer die alte Frau war. Es dauerte gar nicht lange, da erschienen zwei Kinder. Sie kamen aus der Wand und setzten sich ebenfalls an den Tisch. Dabei lachten sie und sangen Lieder. Die alte Frau fing plötzlich an zu weinen. Doch die Kinder schienen dies gar nicht zu bemerken. Sie lachten und sangen, als sähen sie die Frau gar nicht. Das gruselige Schauspiel dauerte eine Weile. Nach ungefähr zehn Minuten erhob sich die Frau wieder und löste sich in Luft auf. Nur ihre Pantoffeln schlürften durch den Raum, hinaus zur Treppe und verschwanden. Die Kinder erhoben sich ebenfalls und verschwanden in der Wand. Dann verlöschte das Licht der Kerzen in einem eiskalten Hauch des Todes und es breitete sich eine gespenstische Stille aus. Ich hatte mich hinter einem Pfeiler versteckt und kaum zu atmen gewagt. Vorsichtig schlich ich mich zur Treppe zurück und lief hinauf bis zur Diele. Dort drehte ich die Sicherungen in den Kasten. Der Kronleuchter, der vom Dach über den ersten Stock bis in die Diele herunter hing, verbreitete ein angenehmes Licht. Dennoch war mir nicht wohl bei dem Gedanken an mein schauriges Erlebnis. Wenn das da eben Tante Amalia war, wer waren dann diese beiden Kinder? Ich ging zurück ins Schlafzimmer, doch schlafen konnte ich nicht mehr. Immerzu schaute ich zur Tür, die hinaus zur Diele führte. Außerdem wartete ich immerzu auf das Schlürfen der Pantoffeln.

Ich konnte schließlich nicht mehr länger in diesem Spukhaus bleiben. Wie von der Tarantel gestochen fuhr ich hoch und lief hinaus. Dort zog ich eine Jacke über und griff nach meiner Brieftasche mit den Wagenschlüsseln. Ich wollte zu Mrs. Morris, um dort die restliche Nacht zu verbringen. Doch als ich vor ihrem Haus ankam, lag das in tiefster Dunkelheit. Vermutlich schlief sie gerade tief und fest und ich würde sie nur stören. Plötzlich sah ich, wie aus Richtung meines Hauses irgendetwas geflogen kam. Ich konnte es erst nicht so recht erkennen, doch dann sah ich es: es war die alte Frau aus dem Keller! Und nun konnte ich auch ihr Gesicht erkennen, ich erschrak fürchterlich, die alte Frau war Mrs. Morris! Entsetzt verbarg ich mich hinter meinem Lenkrad. Sie durfte mich unter keinen Umständen entdecken. Mrs. Morris flog geradewegs auf die Terrasse ihres Hauses und verschwand so plötzlich, wie sie gekommen war. Ich war noch immer nicht in der Lage, einen klaren Gedanken zu fassen. Zu surreal erschien mir das soeben Erlebte. Es glich einem Alptraum, aber, wer waren diese Kinder? So schnell ich konnte fuhr ich zu meinem Haus zurück. Ich erinnerte mich, dass ich die vermeintlichen Kinder aus der Wand kommen sah. Als die Alte verschwand, traten auch die beiden Kinder in die Wand zurück. Ich hatte einen wahnwitzigen Gedanken, wollte unbedingt noch einmal in den Keller des Hauses. Dazu drehte ich sämtliche Lampen im Hause ein und hatte nun auch im Keller helles Licht. Meine Taschenlampe stand noch immer auf der Stufe, wo ich sie vorhin abgestellt hatte. In Windeseile wechselte ich die Batterien und nahm die Lampe mit. Für alle Fälle, dachte ich mir. Als ich im Keller ankam, schaute ich mich in dem großen Raum um. An den Wänden standen Regale. Und in der Mitte war auch wieder dieser alte Holztisch. Ich vermisste den Kerzenleuchter, der mir bei meinem vorangegangenen Besuch aufgefallen war, weil er so hell leuchtete. In einer Ecke fand ich eine rostige Eisenstange. Ich nahm sie und schlug damit gegen die Wände. Es stiebte und Ziegelbruchstücke fielen zu Boden.

Plötzlich hörte es sich so seltsam hohl an. So, als sei etwas hinter dieser Wand. Mit aller Kraft schlug ich auf die Wand ein und erreichte, dass ein Ziegel laut polternd aus der Mauer bröckelte. Was ich dahinter zum Vorschein kam, ließ mir das Blut in den Adern gefrieren!

Aus dem schwarzen Loch, welches der Ziegel freigab, fiel mir eine knochige Hand entgegen. Die Polizei, die ich sofort gerufen hatte, rückte gleich mit mehreren Fahrzeugen an. Die Beamten rissen die gesamte Mauer ein und fanden zwei Kinderleichen dahinter. Außerdem entdeckten sie noch ein altes Tagebuch, das Tagebuch der Amalia Morris. Demnach nannte sich Mrs. Morris mit Vornamen Amalia. Sie hatte zwei Kinder zur Welt gebracht. Es gab also gar keine Tante. Ihr Ehemann, von dem sie nie sprach, hatte die beiden Kinder missbraucht. Dann tötete er sie und mauerte ihre beiden Leichname in die Kellerwand ein. All das stand in dem Tagebuch, welches er sicherheitshalber gleich mit eingemauert hatte. Er wurde schließlich in Mexiko gefunden und in die USA zurück gebracht. Dort bekam er seinen

Prozess. Als ich wenig später diese grässliche Wahrheit erfuhr, wollte ich zu Mrs. Morris, um sie zu diesen Dingen zu befragen und um sie zu trösten. Ich wollte sie auch fragen, warum sie mich so belogen hatte, was die rätselhafte Tante Amalia und sie selbst betraf. Doch ihr Haus war verschlossen und es sah so aus, als sei schon längere Zeit niemand mehr dort gewesen. Ich fuhr schließlich noch einmal zur Polizei, um mich nach Mrs. Morris zu erkundigen. Doch der Beamte, den ich fragte, zog ein trauriges Gesicht. Dann meinte er nur: „Das Haus, welches Sie meinen, stand schon seit Ewigkeiten leer. Es war das Haus ihrer Tante, die sie oft besuchte. Den Verlust ihrer beiden Kinder hatte Mrs. Morris nie verwinden können und starb vor zehn Jahren in dem Hause, in welchem Sie jetzt wohnen. Es war einst ihr Haus und als man sie tot auf der Terrasse fand, hielt sie ein schmiedeeisernes schwarzes Kreuz in ihren Händen …"

Garten

Lisa Fisher liebte Pflanzen über alles. Erst kürzlich bezog sie ein kleines, einsam gelegenes Haus am Stadtrand von Los Angeles und legte sich einen ansehnlichen Garten zu. Dort konnte sie ihrer Liebe ungehindert nachgehen. Doch sie umgab ein sonderbares Geheimnis. Denn immer, wenn sie sich in einen Mann verliebte, dauerte es gar nicht lange, verschwand der Liebste auf Nimmerwiedersehen. Mrs. Steele, die ein stattliches Anwesen nicht weit von Lisas Haus besaß, schien sich als Lebensaufgabe die Beobachtung von Lisas Grundstück gesetzt zu haben. Da sie es überdrüssig war, die Millionen ihres vor zehn Jahren verstorbenen Ehemannes auszugeben, widmete sie sich ab sofort der Beobachtung von Lisas Grundstück. Und natürlich wunderte sie sich, dass sie dutzende junger Männer in Lisas Haus hineingehen sah, aber keinen einzigen wieder hinaus. Das fand sie schon sehr merkwürdig. Die schlimmsten Befürchtungen plagten sie und sie wusste nicht, ob sie zur Polizei gehen sollte oder nicht. Doch weil sie so eine Art Berufung in der Beobachtung des Hauses sah, wollte sie noch einige stichhaltige Beweise sichern. Eines Abends bemerkte sie, wie Lisa mal wieder von einem jungen Mann nach Hause gebracht wurde. Die beiden lachten und schienen eine Menge Spaß zu haben. Fröhlich tanzend sprangen sie ins Haus und Mrs. Steele holte ihr Nachtsichtgerät, um Genaueres sehen zu können. Doch es war einfach nichts Außergewöhnliches zu entdecken. Nur, dass sie den jungen Mann nie wieder sah. Dafür wurde der Garten hinter Lisas Haus immer stattlicher. Die wunderschönsten Bäume gediehen dort und Mrs. Steele wollte mehr über diese Bäume erfahren. Unter einem Vorwand sprach sie Lisa an und interessierte sich scheinbar sehr für die Bäume im Garten. Lisa war es zwar gar nicht so recht, dass Mrs. Steele so hartnäckig nachfragte, doch sie ließ sich auf Mrs. Steeles Interesse ein und führte sie in den Garten. Solch wunderschöne Bäume hatte Mrs. Steele wahrlich noch nie zuvor gesehen. Es war eine Pracht und Mrs. Steele wollte natürlich mehr über die Gewächse erfahren. Sie hatte sich wohl zum Ziel gesetzt, Lisa auszufragen, aber Lisa schwieg und verriet nichts. Stattdessen komplimentierte sie die ein wenig verwirrte Mrs. Steele aus dem Haus. Die hatte nichts Eiligeres zu tun, als zur Lokalpresse zu gehen und von Lisas Garten zu schwärmen. Sie wollte damit erreichen, dass ein Reporter den Garten etwas näher unter die sprichwörtliche Lupe nahm. Doch das Ganze ging nach hinten los und der Journalist, mit dem sie sich unterhielt, wollte nichts von Lisas Garten wissen. Wer interessierte sich schon für harmlose Bäume und Pflanzen, denn die fraßen schließlich keine Menschen und waren viel zu unspektakulär. So musste Mrs. Steele wohl oder übel wieder nach Hause fahren. Doch ihre Neugierde war derart stark, dass sie sich wieder auf die Lauer legte. Wieder lief sie zu Lisas Grundstück und spähte den Garten aus. So bemerkte sie nicht, wie sich die Dunkelheit über die Gegend legte. Es wurde kalt und windig und Mrs. Steele fröstelte sehr. Sie wollte schon wieder nach Hause gehen, da vernahm sie ein seltsames Singen. Es kam aus Lisas Garten und als Mrs. Steele zwischen den dichten Hecken aufs Grundstück schaute, sah sie Lisa mit einem Kerzenleuchter in der Hand zwischen den Bäumen umher tanzen. Dabei sang sie in den hellsten Tönen. Doch was war das? Mrs. Steele glaubte, einer Sinnestäuschung zu unterliegen, denn die Bäume verwandelten sich in junge Männer. Zusammen mit Lisa tanzten sie auf der Wiese und schienen sich recht zu amüsieren. Plötzlich schlug die ferne Kirchturmuhr zur Mitternacht. Die jungen Männer verwandelten sich in furchtbare Monster und Lisa schwebte wie ein leuchtender Geist über der grausigen Szene. Mrs. Steele fuhr die Angst in die Glieder, doch sie konnte sich nicht abwenden. Sie musste wissen, was in diesem Garten vor sich ging. Und so starrte sie ungehindert zu dem mysteriösen Treiben. Lisa hatte sich unterdessen in ein feuerspeiendes Ungetüm verwandelt und die Monster um sie herum sprangen im Rhythmus des Liedes, welches sie noch immer sang, auf und nieder. Was für ein furchterregendes Schauspiel. Es glich einem teuflischem Theaterstück, nur mit dem einen Unterschied: alles war real! Mrs. Steele musste sich am metallenen Gitter des Zaunes festhalten, um nicht in Ohnmacht zu fallen. Doch ihre Neugierde war grenzenlos. Schließlich war es 1 Uhr. Die Monster verwandelten sich wieder in Bäume und Lisa in die schöne junge Frau, die sie sonst immer war. Sie nahm den Kerzenleuchter, den sie auf der Wiese abgestellt hatte und schritt ins Haus zurück. Dann wurde es still. Auch Mrs. Steele ging nach Hause und wusste nicht, was sie nun tun sollte. Unmöglich konnte sie die Polizei informieren. Niemand würde ihr glauben. Da hatte sie eine Idee: in der Nähe befand sich ein Friedhof. Dort lief sie hin und entwendete von einem Grab ein hölzernes Kreuz. Sie nahm es an sich und schlich sich zu Lisas Grundstück. Durch ein Loch im Zaun gelangte sie auf die Wiese. Sie legte das Kreuz zwischen die Bäume und versteckte sich hinter einer hohen Hecke.

Doch als sie eine Weile ausgeharrt hatte und nichts passierte, holte sie das Kreuz wieder zurück. Sie fand es sehr komisch, dass das Kreuz nicht die erwünschte Wirkung erbrachte und die bösen Geister vertrieb. Schnell brachte sie das Kreuz zum Friedhof zurück und überlegte, was sie sonst noch tun könnte. Doch so sehr sie sich auch ihren Kopf zerbrach, es fiel ihr einfach nichts ein! Und so legte sie sich ins Bett. Aber vor Nervosität konnte sie einfach nicht schlafen. Unruhig wälzte sie sich in ihrem Bett herum und plötzlich wusste sie, was sie zu tun hatte. Sie wollte Lisa zur Rede stellen. Was nutzten all die vielen Beobachtungen und die heimlichen Aktionen, wenn doch nichts dabei herauskäme. Vielleicht versteckte sich hinter all dem bösen Zauber etwas ganz anders? Gleich am nächsten Morgen und nachdem sie sich ein wenig frisch gemacht hatte, lief sie zu Lisa. Die öffnete ahnungslos die Tür und Mrs. Steele bat um ein Gespräch. Die beiden begaben sich in den Garten und setzten sich auf eine Bank zwischen den Bäumen. Mrs. Steele schaute sich argwöhnisch um. Was wäre, wenn sich die Monster wieder zeigten? Sie nahm all ihren Mut zusammen und äußerte ehrlich und ohne Umschweife ihr Anliegen. Als sie fertig war, schluchzte Lisa. Doch was sie dann sagte, konnte Mrs. Steele beinahe nicht glauben. Mit trauriger Miene hob Lisa zu sprechen an: „Ach wissen Sie. Sie sind so ehrlich, aber Sie können mir ja doch nicht helfen. Einst hatte ich meine Seele dem Teufel verschrieben, weil ich meinen Mann Jim, der schwer an Krebs erkrankt war, nicht verlieren wollte. Der Teufel kam und ich gab ihm mein Versprechen, dass sobald Jim wieder gesunden würde, meine Seele zur Verfügung stünde. So geschah es. Jim wurde gesund und der Teufel holte sich meine Seele. Doch er hatte gelogen. Als er in einer Wolke aus Schwefeldämpfen verschwand, verwandelte er Jim in einen Baum. Und jede Nacht, wenn die Uhr Zwölf zeigte, verwandelte er uns in bösartige Monster, die ihm huldigen sollten. Und das schlimmste war, dass alle meine Liebsten, die ich später kennen lernte, das gleiche

Schicksal ereilte." Mrs. Steele starrte fassungslos in Lisas Gesicht und bemerkte schockiert, dass nicht eine Träne über Lisas Wangen rollte. Sie wunderte sich darüber und sprach Lisa daraufhin an. Doch Lisa winkte nur ab und meinte, dass sie seit dem Erscheinen des Teufels nicht eine einzige Träne weinen konnte. Da wurde Mrs. Steele so traurig, dass sie selbst bitterlich zu weinen begann. Sie umarmte Lisa und dabei tropften Ihre Tränen auf Lisas Gesicht. Und es war unfassbar, aber Lisa konnte endlich wieder richtig weinen. Und die Schleusen öffneten sich wie riesige Tore. Lisa weinte und weinte und konnte sich einfach nicht mehr beruhigen. Der grausame Zauber schien langsam zu brechen und Lisas Tränen benetzten den Boden, sickerten ins Wurzelwerk all der vielen sonderbaren Bäume in ihrem Garten. Da geschah ein unglaubliches Wunder. Die Bäume verwandelten sich in junge gut aussehende Männer. Und unter all den vielen jungen Männern, die ihr Glück allesamt nicht fassen konnten, war auch Jim, Lisas Mann. Er fiel Lisa um den Hals und die beiden weinten vor Glück. Der böse Zauber war gebrochen und an den Stellen, wo einst die vielen Bäume standen, gediehen die allerschönsten Blumen. Ein Duft von Frühling und Liebe zog durch den Garten und Mrs. Steele war heilfroh, dass sie Lisa auf diese so einfache Art und Weise helfen konnte. In Lisas Haus kehrte das Glück zurück und der Teufel schien für immer vertrieben. Eines Nachts, als Mrs. Steele wieder einmal schlecht schlafen konnte, war es ihr, als ob sie ein Geräusch hörte. Es musste ganz aus ihrer Nähe kommen. Und als sie ihre Augen aufschlug, stand ein sonderbares Wesen hinter der Gardine ihres Schlafzimmerfensters. Vorsichtig schob sie sich aus ihrem Bett und bemerkte einen feuerroten Lichtschein, welcher zwischen den wehenden Gardinenschals hindurchschimmerte. Und das Lied war das gleiche, welches Lisa einst in ihrem Garten gesungen hatte. Ängstlich schlich Mrs. Steele zum Fenster, um nachzusehen, was es mit dem seltsamen Gesang und dem vermeintlichen Licht auf sich hatte. Da bemerkte sie etwas, dass am vergangenen Tag noch nicht da war. Es war ein riesiger, rot schimmernder Baum, der genau vor ihrem Fenster stand …

Zimmer 502

Es war ein wundervoller Urlaub. Ich hatte mich in einem romantischen Berghotel in den Rocky Mountains eingemietet und ging jeden Tag durch die faszinierende Bergwelt spazieren. Die Kälte reinigte meine Seele und die Sonne gab mir wieder neue Kraft. Ich beschäftigte mich damals mit mystischen Orten. In diesen Tagen war das sagenhafte Waverly-Hills-Sanatorium in Louisville/Jefferson County an der Reihe. Ich entdeckte es im Internet und ich fand das Aussehen der verfallenen Gebäude wirklich genau richtig, um dort nach rätselhaften Geistern und diversen Spukgeschichten zu suchen. Besonders beeindruckte mich die sogenannte Körperrutsche, auf welcher einst die unzähligen Leichen, ungesehen nach unten befördert werden konnten. Solch eine bauliche Besonderheit hatte ich bis dahin noch nirgendwo gesehen. Und ich wollte mich eigentlich selbst von all diesen Dingen überzeugen. Doch ich wollte auch meinen Urlaub genießen. Aber plötzlich geschahen äußerst seltsame Dinge, die ich mir einfach nicht erklären konnte. An jenem Morgen wollte ich zu einer neuen Bergtour aufbrechen. Das Wetter war gut und ich wollte mich irgendwo in luftiger Höhe in die warme Sonne legen und an gar nichts denken. Auf dem Flur herrschte reger Betrieb. Irgendwie schienen alle den gleichen Gedanken zu haben. Bei meinem Weg ins Restaurant fiel mir eine junge schwarzhaarige Frau auf. Sie schien zum Personal zu gehören, denn sie trug einen weißen Kittel. Sie fiel mir auf, weil sie irgendetwas zu suchen schien. Als sie mir entgegen kam, schaute ich unweigerlich in ihre großen dunklen Augen. Sie schienen irgendwie traurig zu sein und ich fragte sie, was sie suchte. Doch sie sah mich so merkwürdig an, schien durch mich hindurchzuschauen und lief einfach weiter. Ich lief ihr nach und fragte sie erneut. Doch sie nahm keinerlei Notiz von mir und verschwand schließlich in einem der Zimmer. Da die Zimmertür nur angelehnt war, schaute ich ins Innere des Raumes. Doch da war niemand. Ich war mir jedoch sicher, dass die junge Frau in dieses Zimmer hineingegangen war. Ich schaute auf die Zimmernummer: es war Zimmer 502. Ein wenig irritiert ging ich ins Restaurant und ließ mir mein Frühstück schmecken. Dennoch musste ich immerfort an diese junge Frau denken. Wieso konnte ich sie im Zimmer nicht sehen, wenn sie doch dort hinein gegangen war? Es war sehr seltsam und ergab irgendwie keinen rechten Sinn. Nachdenklich brach ich zu meiner Wanderung auf. Es war wirklich ein herrlicher Spaziergang und ich entdeckte eine große Wiese, die offensichtlich von noch keinem anderen Touristen gefunden wurde. Ich setzte mich auf einen Baumstumpf und schloss meine Augen, während ich mein Gesicht von der Sonne bräunen ließ. Plötzlich sprach mich jemand an: „Junger Mann, darf ich Sie mal stören?" Ich öffnete meine Augen und schaute in das makellose Gesicht der fremden jungen Frau aus dem Hotel. In ihrem weißen Kittel stand sie vor mir und lächelte mich an. „Sie haben mich vorhin so seltsam angeschaut.", sagte sie, während sie sich dem Sonnenlicht entgegen wandte. Ich wunderte mich wirklich sehr, denn die junge Frau hatte nichts bei sich. Sie trug nicht einmal eine Jacke obwohl es so kalt war. Und noch seltsamer fand ich, dass sie mir nur wegen meiner Blicke gefolgt war. „Ja, Sie sind mir aufgefallen, weil Sie wohl etwas suchten.", antwortete ich verlegen und sie schien plötzlich Tränen in ihren Augen zu haben. Doch dann sprach sie die düsteren Worte, die mir einen eisigen Schauer über den Rücken trieben: „Es ist fort ... mein Kind ... es ist tot! Ich habe gestern nur mein Zimmer gesucht ... Zimmer 502."

Ich konnte gar nichts mehr sagen, wieso war ihr Kind tot? Hatte sie es etwa, doch das war ja unmöglich. In diesem unglaublichen Fall wäre sie mir niemals gefolgt. Sie hätte sich verborgen oder wäre vor Angst sogar geflohen. Ich wollte dennoch unbedingt wissen, was sie mit dem toten Kind meinte. Doch als ich sie danach fragte, schwieg sie. Sie meinte nur, dass sie Schwester Mary sei und niemals über den Tod ihres Kindes hinweg kommen würde. Und plötzlich nahm sie meine Hand und presste sie fest an sich. Ich spürte, dass ihre Hand eiskalt war und konnte ihr sonderbares Verhalten einfach nicht verstehen.

Ich drückte ihre Hand, wollte sie beruhigen und ihre Hände ein wenig aufwärmen. Doch sie zog ihre Hand zurück und sagte leise: „Ich muss wieder zurück. Es ist alles zu spät, denn mein armes Kind, es ist tot."

Weinend lief sie davon und verschwand schon bald zwischen den Bäumen am Wiesenrand. Ich wollte ihr nachlaufen, doch ich fand sie nirgends mehr. Sie war wie vom Erdboden verschwunden. Gegen Mittag kehrte ich ins Hotel zurück und wollte Genaueres über diese vermeintliche Schwester herausfinden. Dazu befragte ich ein Zimmermädchen des Hotels, aber die konnte sich nicht an eine Schwester Mary erinnern. Auch an der Rezeption des Hotels wusste niemand, wer die vermeintliche Schwester sein konnte. Ich sah sie nicht wieder, doch am Abend, als ich mich wieder meinen mystischen Thematiken zuwandte, bekam ich den Schock meines Lebens. Im Internet informierte ich mich wieder über das Weverly-Hills-Sanatorium, meinem neuesten Studienobjekt. Doch was ich dort las, konnte ich nicht fassen. Es wurde über eine geheimnisvolle Schwester Mary berichtet, die angeblich ihr Kind abgetrieben haben sollte und sich schließlich in Zimmer 502 an einem Deckenbalken erhängt haben sollte. Es war einfach unglaublich, aber die Schwester wurde als schwarzhaarige junge Frau beschrieben. Sollte diese Mary etwa … aber das war ja vollkommen unmöglich. Und was suchte sie ausgerechnet in diesem Hotel? Ich musste der Sache auf den Grund gehen und wollte ins Zimmer 502, um nach Schwester Mary zu sehen. Vielleicht konnte ich ihr helfen oder den mysteriösen Spuk aufklären. Immerhin hatte ich diese Frau am Vortage in dieses Zimmer gehen sehen. Doch als ich auf dem Flur eintraf, wo dieses Zimmer hätte liegen müssen, befand es sich nicht mehr. Die Zimmer endeten bei Nummer 500. Als ich an der Rezeption nach Zimmer 502 fragte, sagte man mir, dass es ein Zimmer mit der Nummer 502 in diesem Hotel nie gegeben hatte …

Ricky Strongs Geheimnis

Der Marinesoldat im Ruhestand Ricky Strong lebte mit seiner Frau Marlene seit vielen Jahren glücklich und zufrieden im wunderschönen Bundesstaat Virginia. Und da er nicht mehr in den Krieg musste, konnten sich die beiden Eheleute ihrem kleinen Haus im Wald bei Sleepy-Hole widmen.

Zwar hatten sie in den letzten Wochen Probleme mit ihrer Gesundheit, doch sie achteten nicht so sehr darauf, freuten sich an jedem Tag, der neu begann und dankten Gott, dass er sie in Frieden leben ließ.

Eines Abends, Marlene saß noch ein klein wenig auf der Terrasse, arbeitete Ricky im Keller des Hauses. Er wollte den engen Raum etwas vergrößern und hatte mit den Grabungen begonnen, da stieß er auf etwas Hartes! Als er es vorsichtig freilegte, staunte er nicht schlecht: vor ihm blinkte eine metallene Figur. Es war eine etwa dreißig Zentimeter lange Freiheitstatue, die irgendjemand einst hier vergraben haben musste. Ricky kratzte ein wenig an der Figur und bemerkte, dass sie aus Silber bestand. Vermutlich hatte sie einen gewissen Wert, doch genau konnte er das nicht sagen. Deswegen nahm er sich vor, Marlene zunächst nichts von seinem Fund zu sagen, stattdessen am nächsten Tag in die Stadt zu fahren, um die Figur schätzen zu lassen.

Schnell versteckte er das edle, allerdings ziemlich schwere Relikt in einer Ecke des Kellers und ging nach oben, um mit seiner Frau zu Abend zu essen.

Am nächsten Morgen gab er vor, in der Stadt einige Dinge für den Haushalt zu besorgen und fuhr los. Marlene spürte, dass ihr Mann irgendein Geheimnis mit sich herumtrug, doch sie fragte ihn nicht danach. Sie wusste, dass er ihr stets treu war und ganz bestimmt einen triftigen Grund für sein Schweigen hatte. Jedoch konnte sie zu diesem Zeitpunkt nicht wissen, dass sie Ricky an diesem Tag zum letzten Male sah. In der Stadt kam er nie an und spätere Untersuchungen des Sherriffs ergaben, dass er mit seinem Wagen von der Straße abkam und einen steilen Abhang hinuntergestürzt war. Seine Leiche aber konnte man trotz akribischster Suche nicht finden und so galt er lange Zeit als vermisst.

Marlene, der es aus rätselhaften Gründen immer schlechter ging, konnte und wollte das nicht glauben. Sie machte sich schließlich selbst auf den Weg und durchforstete die Unglücksstelle mehrere Tage lang.

Auch sie fand Rickys Leiche nicht, dafür aber eine sonderbare silberne Figur, eine Freiheitsstatue, die Ricky wohl einst bei sich hatte, um sie in der Stadt schätzen zu lassen. Und noch etwas anderes lag neben der Figur: ein Zettel, auf dem ein handschriftlicher Text zu lesen war. Es war Rickys Schrift, das erkannte sie sofort, und sie entzifferte die krakelige Schrift: „Liebe Marlene. Ich kann nur hoffen, dass du diesen Zettel findest, und ich hab auch nicht viel Zeit, doch ich weiß, dass du nach mir suchen wirst. Nimm diese Freiheitstaue, ich hab sie im Keller gefunden. Sie birgt ein wundervolles Geheimnis und du musst sie mit heimnehmen. Stell sie neben das Fenster neben unserer Terrasse und bete zu Gott. Dann wirst du für immer bei mir sein. Dein dich liebender Ricky" Marlene wischte sich die Tränen aus den Augen. Was hatte das alles nur zu bedeuten? Doch weil sie Ricky so sehr liebte und ohne ihn nicht mehr sein wollte, tat sie es so, wie sie gelesen hatte. Sie nahm die schwere Figur mit heim und stellte sie neben das Fenster gleich neben der Terrassentür. Dann kniete sie sich nieder und sprach das Vaterunser. Plötzlich begann die Figur zu glühen und sie erstrahlte beinahe heller als das Sonnenlicht. Ein Blitz zuckte auf Marlene nieder, nahm sie mit sich fort und gab sie niemals wieder her. Vermutlich war das auch Ricky widerfahren, als er einst mit der Figur in die entfernte Stadt fahren wollte.

Spätere Untersuchungen des Sherriffs ergaben, dass Ricky wie auch seine Frau Marlene, an unheilbarem Krebs erkrankt waren und nur noch wenige Tage gelebt hätten.

Vermutlich wussten sie es nicht, nur der Arzt in der Stadt, bei dem die beiden in Behandlung waren, wusste davon. Er wollte es ihnen sagen, doch da war es schon zu spät.

Der Sherriff ließ einen kleinen Gedenkstein vorm Haus von Ricky und Marlene errichten, auch, wenn die Leichen der beiden nie gefunden werden konnten. Darauf befestigte er die silberne Figur, jene Freiheitsstaue, die Ricky einst gefunden hatte. Und immer am Tag ihres merkwürdigen Verschwindens begann die Figur geheimnisvoll zu glühen und kündete davon, dass die beiden Eheleute nun an einem Orte waren, wo sie zusammen sein konnten, für immer frei sein konnten, und wohl glücklich auch …

4   Böser Jack

12   Silberner Engel

20   Ein bisschen Weihnachten

28   Das Grauen

49   Spätes Erbe

55   Rote Lichter

60   Auf der Jagd

66   Der Spuk

81   Schwarzer Schleier

90   Schwarzer Vogel

95   Die Leiche

102   Geisterhaus

110   Klinik des Grauens

116   Asteroiden

124   Dämonen

137   Garten

145   Zimmer 502

151   Ricky Strongs Geheimnis

Herstellung und Verlag:
BoD - Books on Demand, Norderstedt
ISBN 978-3-7347-3088-7